U0945661

嘉兴经济技术开发区30周年丛书
编委会

岁月鎏金

嘉兴经济技术开发区建区30周年诗文集

嘉兴经济技术开发区30周年丛书编委会——编

北京联合出版公司
Beijing United Publishing Co.,Ltd.

图书在版编目（CIP）数据

岁月鎏金：嘉兴经济技术开发区建区30周年诗文集 / 嘉兴经济技术开发区30周年丛书编委会编. -- 北京：北京联合出版公司, 2022.8
ISBN 978-7-5596-6377-1

Ⅰ. ①岁… Ⅱ. ①嘉… Ⅲ. ①诗集–中国–当代②散文集–中国–当代 Ⅳ. ① I217.1

中国版本图书馆 CIP 数据核字（2022）第 126050 号

岁月鎏金：嘉兴经济技术开发区建区 30 周年诗文集

编　　者：嘉兴经济技术开发区 30 周年丛书编委会
出 品 人：赵红仕
责任编辑：张永奇
装帧设计：子　瞳
制作统筹：艺博天舜
出版发行：北京联合出版有限责任公司
　　　　　北京联合天畅文化传播有限公司
社　　址：北京市西城区德外大街 83 号楼 9 层
邮　　编：100088
电　　话：（010）64243832
印　　刷：三河市国英印务有限公司
开　　本：880mm × 1230mm　1/32
字　　数：150 千字
印　　张：10.25
版　　次：2022 年 8 月第 1 版
印　　次：2022 年 8 月第 1 次印刷
ISBN 978-7-5596-6377-1
定　　价：78.00 元

文献分社出品

序

30 年大江大河，30 年风华正茂。1992 年，嘉兴经济开发区经省政府批准设立；2022 年，嘉兴经济技术开发区三十而立。30 年来，嘉兴经开区始终秉持“人民给我一方土，我还人民一座城”的初心使命，筚路蓝缕、乘风破浪，在时代纵横交织的经纬线上，编织着属于自己的光荣与梦想。

从偏居郊野的荒地，到繁华热闹的品质新城；从 30 年前 6.1 平方公里的省级经济开发区，扩大为 110 平方公里的国家级经济技术开发区；从一穷二白起步，到拥有 680 多家外资企业、38 家世界 500 强的全国经济营商环境十大创新示范区……“没有走在前列，也是一种风险”，嘉兴经开区始终以“当排头、做先锋”的进取精神，走在前列争一流，当好发展主力军。

30 年，从诞生到成长突围、不断蜕变。如今的嘉兴经开区处处惊喜：马家浜文化遗址见证 7000 年文明源起，姚家荡一湾绿水萦绕几万人家，高铁新城跃然崛起引领城市繁华，温暖嘉驿站里绽放着百姓的日常笑脸，城市书房回响一座城的墨香底蕴，沿河绿道勾画一方土的宜居细节……回首30年，既有披荆斩棘的汗水，也有硕果累累的丰收喜悦，更有面向未来的自信满怀。

2022年，在建区30周年之际，嘉兴经开区隆重举行建区30周年诗文征集活动，短短1个多月时间，社会各界踊跃来稿，活动共收到400余篇来稿，量大质优。经过编委会反复甄选，最终选出51篇佳作编入这本《岁月鎏金——嘉兴经济技术开发区建区30周年诗文集》。

本书的作者既有生活在嘉兴经开区、曾来过嘉兴经开区的众多著名诗人和散文家，也有扎根于嘉兴经开区、奋斗在嘉兴经开区的各行各业劳动者和文学爱好者，还有把青春和热血奉献给嘉兴经开区的离退休干部和职工。他们或吟诵礼赞，或追古抚今，或纪录抒怀。一座城市的历史，归根到底是这座城市和人的关系史。在这里我们读到一部嘉兴经开区现代化发展的变迁史，也读到一代经开人生活和梦想的心灵史。

在嘉兴经开区党工委、管委会领导的直接关心下，我们将这些咏叹和记录汇编成书。先行先试，开拓创新，谱写改革中国的创业史诗；悠悠运河，杏花春雨，刻下盛世中华的雅韵铭文。本书所选诗文的字里行间，浸润着每一位作者对嘉兴经开区的热爱和情感，他们用文字为嘉兴经开区建区30周年献出了一份最好的礼物。在本书的编辑过程中，还得到社会各界的鼎力相助，借此机会，向为这部书顺利出版给予帮助的每一位领导和朋友致以最深的敬意和感谢！

编者

目 录

诗歌一辑　雅韵抒怀

诗歌二辑　吟哦当风

散文一辑　思接古今

散文二辑　此城此人

诗歌一辑

雅韵抒怀

风景这里独好

晓弦

岁月的脚步，从容而坚定
火红的日子，每个人都放飞白鸽般的心情
我看见的嘉兴经开区，正踏着时代鼓点
在长三角一体化发展的神奇舞台，闪亮登场
她身披红船精神光芒，华丽转身——
那林立的楼宇，那成群的别墅，和翔舞的鹭鸟
那散发现代气息的商贸区和工业园
正是经开大地最真实的写照
那浸润 7000 年马家浜文化的沃土
因冲动的阳光，而变幻出迷人的色彩
开满五月灵动的枝头，让每一朵鲜花
都感同身受，和呼吸急促

从一条条涌起革命浪潮的南湖波纹
到高铁枢纽呼之欲出的各路精灵般的列车
发展线索清晰可见，前程蓬勃繁荣

此刻的我，必须写下经开区的蓝
内心的蓝和天空的蓝，相互唱酬
一个个风云际会的故事在经开大地生动演绎
如同一盘高质量发展的宏伟棋局的运筹帷幄

是谁？在南湖红船旁按下
“全面接轨上海先行承载地、高质量外资先行集聚地、国际化
　　品质城市先行实践地”的精彩按钮
是谁？在经开区启动“科技赋能、智创未来”的强大引擎
是谁？在时代浪潮中奋勇当先，逐梦前行
是英雄的经开儿女啊，用30年的拼搏和汗水
铸就一把神奇的钥匙，把跨越式发展的秘密打开
把经开区的幸福与未来，訇然打开！

我要传递，经开人“筚路蓝缕、踏歌而行”的光荣梦想
传递“人民给我一方土，我还人民一座城”的担当使命
我还要传递，此刻的经开区
有片气势恢宏、威武雄壮的航母般风景——
在110平方公里的甲板上，38家世界500强企业
和680多家外资企业，像闪烁蓝光的战斗机编队
正接受时代的又一场庄严而别样的检阅

我要传递，这个超强的阵形背后
有个“全国营商环境十大创新示范区”的宏宽而优美的
　　背景……

我要传递，勤劳智慧的经开儿女
正演绎既显城市璀璨，又揽自然风华的至尊经典
我要传递，在红枫林似的美丽景致里
掌舵的、划桨的，全是勇武的“铁军”
“没有走在前列，也是一种风险”
我要传递，经开人用上了热血沸腾的“+”号
机器人 +、互联网 +、绿色 +
甚至，担当 +、使命 +、奉献 +
甚至，开拓 +、梦想 +、拼搏 +、奋进 +

我要传递，经开区有着蓬勃的爱情
那些南来北往的人，把澄澈的天空
仰望成生命中最甜蜜的底色
我要传递，经开人巨人般让人惊叹的脚印
脉动着 7000 年马家浜文化，和高铁、轻轨的青春倩影
鳞次栉比的商贸中心、商务大楼、飘扬各色国旗的企业
一律呈现阳光健康的肤色，和青春的娇艳

在嘉兴经开区，春天的故事总在激荡回响
春天的脚步总是年轻豪迈，并且铿锵
她像一个清新脱俗、不停追梦的姑娘
色彩斑斓的街市，是她迷人的动感
“国际化品质”是她钻石般的美誉
“创新、驱动、活力”，是她永葆的青春
春天里总有外商，燕子样飞来往去
迷醉于经开区昨天的故事和今天的传奇
那些在明媚厂区下了生产线的小伙姑娘
是经开区一道美丽而独特的风景
就在几分钟前，他们穿梭于机器人丛林
那一刻，她们是商海风云里的现代哪吒

春天里，游人们爱去运河畔走走
聆听学绣塔铃，鸣响范蠡与西施的传说
寻觅龙舟竞渡中，游客摇旗呐喊的兴奋
春天里，电商的芯片已植入龙鼎万达广场
那正在拔节的商务楼的每个窗口
都是鲜美的网络流量和黄金出口
有人说，科技云密码已被经开区破译
所以乐高玩具，转出万花筒一样的大千世界

诺德安达、米开朗、克劳斯玛、海拉、荷美尔……
她们金发碧眼的容颜，吸引无数“世界百强”的精壮小伙
在智慧产业园，上演私订终身的喜剧
这般诗意想象，打开多维而魔幻的天空
也打开经开区腾飞的祥云

风景这边独好！面对繁花般的无尽春色
作为国际化品质城市先行实践地，这里
每一寸空气，都彰显科技创新活跃的色彩斑斓
每一滴露珠，都显现综合环境优越的华美风姿
每一片雨水，都升华成高效的体制机制的芳华
每一缕春风，都吹拂国际新城和谐文明的时尚
这就是活力四射的充满国际竞争力的
经开区最抒情最温暖最幸福的诗行……

2022 年 5 月 8 日

作者简介

晓弦，身份证名俞华良，浙江绍兴人，作品散见《诗刊》《北

京文学》《上海文学》《诗歌月刊》等上百种文学刊物，出版有《晓弦抒情诗选》《考古一个村庄》《初夏的感觉》《麻雀喊春》《仁庄纪事》《仁庄纪事2》等多种诗集，主编《中国散文诗百年经典》，现为中国作家协会会员、中国诗歌学会会员、中外散文诗学会副主席，世界华文爱情诗学会副会长，浙江省作家协会理事（全委委员）。曾获第十一届中国散文诗“天马奖”、2021中国当代诗人十佳等荣誉。台州学院、嘉兴学院兼职教授，嘉兴市社科院文化研究员。

嘉兴经开区三十载：行吟或者抒怀（组诗）

周维强

（一）

一方热土，引燃一个时代蓬勃的心跳
一种模式，从无到有，诠释热土之上的创新奇迹
嘉兴经开区：从姚家荡画卷的浩荡水墨中，慢慢洇出
从一个诗意的单词里联想开来，蓝天之下
春风吹拂纸张，岁月扎紧墨笔
种植希望的同时，科技、人才、资源整合
从 1992 年，嘉兴经开区批准创建的那一刻起
我看见了南湖绘就的画卷，以及红船荡漾的微澜

请允许我，骑着共享单车，在嘉兴经开区
捕捉那令人心颤的一瞬
是的，高楼林立，我更看重高楼里云集创新的智慧
绿地葱茏，那梦想与诗境编织的词章

更加接近一种如水的气息。就这样慢慢骑行
眼睛里养着如梦的画卷，而内心掀起的
则是生态城区商务城区飞速向前的斑斓风暴

（二）

我总是会在姚家荡，深情驻足，“三十载”的经开区发展
总会让我心生感慨，集青春、智慧、勇气
于一身的赞美诗，歌唱的，不就是我脚下土地里的奇迹
回首、停留，然后吟咏，眼前的嘉兴经开区
更像是一条演绎宏大交响的诗歌大河
心怀感恩的，把心交给岁月，心怀感恩的，记录下
在嘉兴经开区生活、创业的每一天

我总是会牵着孩子的手，一步一步
走过城南街道、长水街道，我要让孩子
感受梦想开花的过程，对经开区的爱
早已融化在我的血液，而传承与新生活的起航
宛如倾听一曲笛子、二胡合奏的民乐
水润嘉兴，嘉兴经开区，集天地灵气，得政策优势
最重要的还是要实干、苦干，抢抓机遇

然后让从无到有从小到大的创业版图
成为人文江南的锦绣图卷，箭簇一样，射向远方

（三）

金色的比喻，晨起的波光。如梦，迷离，而温婉——
东升的日出，挥毫泼墨，在宣纸之上
写下绚烂的诗句。于是，我把嘉兴经开区
和嘉兴国际商务区，以及目光所及的美景，全都
搬运进想象的空间。沐浴太阳的圣光

华彩力量的沉淀，物竞天择的隐喻
在嘉兴经开区，太阳轻轻翻开产城共建的扉页，作为封面
现代服务业集聚区已经足够精美
但中环南路夜色、运河新区串起的目录
让四射的金光，再次穿梭其中
反复诵读着那一草一木的柔情，城区相连的抒怀

是的，用“依托沪杭高铁开发建设”进行索引——
或婉转，或高昂，或低沉，或重音相随
以众生的梦境和遗留的马家浜文化遗址

来诠释嘉兴山水里，太阳光束的承袭
与姚家荡一起，遍阅诗书，为春秋轮回，在文学的笔法上
作一个有意义的备注

嘉兴经开区：唐诗在此留白，宋词在此吟咏豪放
鹭鸟翩飞，颇有闲情，即便在热土之上
也如谋划的伍子胥，那创业的蓝图绘就……

（四）

是的，那些奔跑的河水，碧色的苍茫，停下来
就是童年诗意的想象，触摸着我的赞美，在嘉兴经开区
我甘愿躲在透明的碧色中
任凭水花怎样呼喊，阳光怎样寻找
都不作声，我的心内珍藏着一个秘密
一个与水色共舞一生的秘密

与姚家荡水色共舞的，还有这座新区新城——
水乡、草木，分层次呈现，错落有致，宛如笔法
风推开了嘉兴的城门，那，用阳光锻造的城门
经开区的街景，是碧色的。而诗人的想象一次次

站在人间的最高处，诵读经开区的纯真与赞美

绿色，是嘉兴经开区的底色，你看，那绿色的
抒情的水花，怎么看，怎么都像是嘉兴经开区的生态之花
城市风景，色彩造句——
科技与生态、商务建设交织的嘉兴经开区
我愿用绿色的幻梦的情节，置换姚家荡的锦绣
愿用沙子被海水磨砺的苦痛，歌颂蔚蓝的水上词章

那最美的一首诗，是天和地共同完成的
除了绿色，还有蓝色——
在嘉兴经开区，天空的蓝，和碧水的蓝，用共同的灵感
书写嘉兴的蓝，是的，以浪漫和唯美为美的基调
蓝色的笔，蓝色的墨，蓝色的意象里，有蓝色的歌

（五）

在嘉兴经开区，我们都是一群追梦的人
追寻商务梦，创新梦，“中国梦”里的“嘉兴经开区梦”
梦想，宛如冲天的烟花，在姚家荡点燃
——绚丽多姿，耀眼夺目，激情四射

遥想耕耘拓荒的时代，谁能想象，一粒种子
可以长成参天大树，在激情澎湃的大潮中
迎着风浪，不惧困难，一次次前进
一次次不知疲倦地奔跑，就是为了创造
就是为了让“嘉兴经开区”闪耀梦想之光

在嘉兴经开区，我们都是一群感恩的人
时光的灯盏，悬在蓝天白云之下，而明月当空
一次次亮起灯火，一次次在黑夜中探索、思考
把祝福连成片，把见证奇迹的歌谣，反复吟唱
为了建设经开区，就是一次次挺拔诗意
点燃浓情乡愁的过程，跋涉与行吟
构成了我对嘉兴经开区深情赞美的底色
以诗人的心，去抵达，抵达梦境里的新区大美

（六）

这里不需要豪情，只需要勤劳和质朴
需要付出一腔热血，然后把根扎在经开区的土地
需要经开区精神原始的推动，还有嘉兴人
勇于革新，勇立潮头的拼劲与闯劲

三十年，更像是一个乐章的起始与发展
还有高潮还有更嘹亮的高音部，在未来被演绎

笔直的道路，就像楷书一样板正而清秀
而通讯网络更像是行书，飘逸而潇洒
人才引进，自是书法一派，重视人才，重视科技
让经开区和嘉兴城市建设联姻后的发展
更加充满激情和活力。幸福的闪电
在心头一闪而过。当我在嘉兴经开区行走
家庭的幸福和谐，城区里的幸福欢乐
我只想用双手继续去创造
只有建设，才是最美的劳动，只有坚守
才是属于嘉兴经开区，最美的乐音。是的，向过去
告别，向未来挥手，继续：开垦出新的奇迹！

作者简介

周维强，结业于浙江文学院青年作家班。2007 年开始文学创作，作品发表于《诗刊》《星星》诗刊、《诗歌月刊》《扬子江》诗刊、《江南诗》《青年作家》《山东文学》等，部分

作品被《新世纪文学选刊》《诗选刊》等转载。近期作品入选《2019诗歌选粹》（北岳文艺出版社）、《青年诗歌年鉴（2017年卷）》（人民日报出版社）。获闻捷诗歌奖（2019）、浣纱文学奖（2019）、云南北大门文学奖（2017）、《人民文学》和《诗刊》征文奖等多次。

嘉兴经开区，红色名词上展开的时代画卷

刘贵高

（一）

从一滴水开始。那些晶莹的水珠
圆润饱满。波光潋滟的姚家荡
摇晃着动感的名词
那些翻卷的浪花，溅湿了
波澜壮阔的华章
嘉兴经开区，红色名词上展开的
时代画卷，在气吞山河的
创业史诗里，随风飘展

从 1992 年的呱呱坠地
到而立之年的风华正茂
时代的大江大海里，经开区
始终坚持“人民给我一方土

我还人民一座城”的理念
在纵横交织的经纬线上
书写属于自己的，光荣与梦想

（二）

从一个故事开始。那些流淌的汗滴
披荆斩棘。开放创新，是经开区
永恒的主题。30 年风云际会
30 年沧海桑田。从曾经的城市边缘
到如今的 C 位出道，从过去的
工业园区，到现在的品质新城
奔跑，是最美的意象

先行先试。经开人肩负责任和使命
做乘风破浪的弄潮儿，做
转型升级的奋进者。他们，每一天
都在努力栽好梧桐树
每一天，都在敞开怀抱，笑迎
八方来客。玛氏，雅培，荷美尔，乐高
飞利浦，松下，采埃孚……

680 多家外资企业，38 家世界 500 强
就是经开区交出的精彩答卷

（三）

从一片遗址开始。站在马家浜的源头
赓续历史。携手并进，是经开区
坚定的目标。进与退，破与立
积极打造营商环境，实现
腾笼换鸟，凤凰涅槃
以严谨、务实、高效，为梦想
保驾护航，引领高质量发展

品质新城是经开区全新的名片
高铁飞驰，电车呼啸，高架生长
从 6.1 平方公里到 110 平方公里
奋进的脚步，从未停止
大开发的如椽大笔下，运河情
江南韵，国际范，持续更迭
开窗见绿，出门入园，沿河绿道
铺就城市蓬勃的底色

（四）

从一袭旗袍开始。将密密编织的心事
推向高潮。渔歌、灯火和鸥鸟
追逐风帆，点缀透迤的田园
华丽的丝绸，在氤氲的紫气里
拥春光秋色入怀，抱夏风冬雪作枕
经开区的容颜，似流年的纱幔
让人间烟火漾起波澜

走过醉美的水墨四季，走过
婉约的词汇和风情的地名
凹凸有致的身段，挥洒嗅人的蔷薇
徜徉在碧水清清的河边
淋着突如其来的时光细雨
一种微妙的感情，在心底
被一阕词牌尽情叙说

（五）

从一缕书香开始。让更多人的诗意栖居

找到归宿。商业街，居民区，运河畔
悄悄长出恬静雅致的城市书房
摩登与墨韵，兼容并蓄
高颜值的智慧市场，一蔬一菜
让城市烟火熨帖平凡生活
一颗流星划亮夜空
一声蛙鸣，在经开区的暗香流韵里
唱响回家的歌谣

杏花春雨。那些峥嵘于日月的激情素写
或献辞，都是经开区
红色名词上展开的时代画卷
那些纵横捭阖的篇章
在水一方。一天比一天硬朗
一天比一天芳香
浑然长成，图腾的模样

作者简介

刘贵高，中国作家协会会员。作品散见《人民文学》《时代文学》《长江文艺》《星星》《飞天》等报刊。代表作品有《夜行烛光》《向上的翅膀》《穿过岁月的河流》《刘贵高短诗选》（中英对照）；主编散文诗集《一条河流的23种走向》。获《诗刊》等数十次全国诗歌奖，部分作品被收入多种年度选本或全国中小学课外读本。曾参加第16届全国散文诗笔会。

嘉兴经开区诗札（组诗）

荣子

嘉兴经开区写意

是谁，提起了时光的巨笔，在禾城嘉兴
留下墨宝，110 平方公里的城区
瞬间，灵动起来，高铁，像一首长长的诗
起笔在嘉兴南站的想象，落款在国际商务区的赞叹
走出高铁站，我还是喜欢
沿着高铁新城向前走，就这样走着
眼前的嘉兴经开区像一幅画，而我，是画中的墨点

又是谁，站在高楼之上，举起了照相机
拍摄出雨后嘉兴经开区腾飞的想象
嘉兴经开区的散曲，一半是水，一半是景
水环绿绕的城，繁华如梦的街道
一滴水追着另一滴水飞翔
犹如一道景追逐着另一道景，诠释嘉兴经开区的美感

是的，微风吹拂过高楼时
似诗人站在高处，深情地朗诵
城南、嘉北、塘汇、长水四个街道，奔跑的诗行
在夕阳下，展示着速度与激情
马家浜、姚家荡，柔情中
浓缩着古意，宛如低音处的交响

如果可以，我会把经开区上空的流云
邀请到一张信封上
唯美的图案，解读嘉兴经开区蓝天的辽阔
以及幸福城区的抒怀，邮编就用六行赞美诗
引路，邮寄向未来
我们期待着，新的奇迹，在经开区之光的册页上闪耀

嘉兴经开区感怀

闭上眼，姚家荡的水流就会在脑海中奔腾
启开回忆的闸门，嘉兴经开区就会绵延在想象的册页
道路纵横，用毛笔饱蘸浓墨
写下：嘉兴经开区，来自禾城的乡愁，就会在宣纸上
荡漾，嘉兴经开区街景的诗行，就会在心内集聚

每次回嘉兴经开区，我总会在
姚家荡边，漫步、行走
吃一个粽子，或者与老人们攀谈
远处，树木苍翠，鸟鸣是一粒颂词
把对嘉兴经开区生态和谐之美
啼亮出新的节奏和韵律

一种加速度在街景里酝酿，一种奋进的情绪
在加速度里奔腾，生活在嘉兴经开区
工作在嘉兴经开区，一个人的梦想，就是嘉兴经开区梦的
一部分，就是国际商务区的一部分

清风一次次拂面而过，细雨适时驻留
有一种乡愁，叫嘉兴经开区情结
总会在寂静的夜，站在最高处，留下动人的节拍
夜色宁谧，我的心，属于嘉兴经开区
心内的乡愁，像一条河，奔向姚家荡的水流

嘉兴经开区，抒情或行吟

一笔姚家荡的光芒，携带苍茫与诗意

浓缩在自然深处的气息，因为歌吟，而
延展，有花的芬芳，四季如梦
在嘉兴经开区，美好时光里，都有曲调的丰盈

我想化作一只鸟，飞到嘉兴经开区的
最高处，看一看110平方公里的翡翠
雕刻了什么图案与花纹
一片湿地，就是一个图腾；一片城中湖，就是
水韵的记忆，而更多的时候
我们把心安在丛林静谧的地方
写诗、作画，吟诵、歌唱，把心内的祝福
送给安居嘉兴经开区的每一个细节

嘉兴经开区，于我，是诗人对诗意的呼唤
在这里，我要在姚家荡的碧水中
骑着一朵浪花
回归生活的绿色画卷
或者，沿着公园步行的足迹，返回幸福的光和热
寻找生命的真谛，抵达墨香里的真情
水流在心底沉淀抒情和欢乐
在嘉兴经开区，我要把自己奔流成安居时的赞辞或谣曲

嘉兴经开区夜景

在经开区夜景中，点缀时尚的元素
在宣纸里游移的徽墨，加入岁月的盐
腾飞的翅膀，掀动山河里的时尚机器
纯真的单词，新鲜的城区，蝶变嘉兴经开区的微芒

请允许我记下这一笔浓墨里的华章
请允许我讴歌创业者的呐喊与思想
在 110 平方公里的土地上，播下一粒中国梦的种子
犹如一柄宝剑，在辽阔的沙场，开疆拓土

鲜花与掌声，赞美与誓言
浓缩在露珠的黎明，暮色中的嘉兴经开区
睁开眼，就是月光华美，灯光闪烁
书写繁华里的华章，贸易的交响

请允许我弹奏一座新城枝头的绿意
请允许我触摸泥土深处，一座新城创业的气息
与未来握手，与变革拥抱，湿漉漉的乡愁里
夜色的嘉兴经开区，有着禾城经济华丽的转身

作者简介

荣子，2007年开始写作，迄今在《诗刊》《诗潮》《上海诗人》《北京文学》等报刊发表作品百余篇（首），作品入选《大美郴州》《诗意门头沟》等选本，并获海南三亚风景征文一等奖、北京门头沟区委宣传部征文一等奖等。作品被海外一些选刊转载。

嘉兴经开，隽永的画卷抑或飞扬的激情（组诗）

聂振生

章氏古茶园

古茶树圈起花期
花香拖慢时间
鸟儿闪亮的眼神里溢出晨曦
蛐蛐在历史的脚踝上打滑
门环摇落唐宋的月光
茶香是千年时光的低吟
等鹭鸟孵出花期
一朵云铺在心事上
虫鸣摇起茶香
黛瓦挂着历史的风尘

檐角噙着岁月的沧桑
树影荡下古月

柳丝遮住女子的青春
茶香里的几声呢喃
叫瘦了时光

虫鸣堆积在花格窗下
运河上滑来白鹭带着宋词的忧伤
布谷声翻新唐诗里的月光
烟雨漫过词语的栅栏
在墙角处听到历史的风雨
花影遮住旗袍女子的青春
唇角的茶香打湿了回忆

圆通古寺的梵音徘徊几回
百年银杏树抖落夕阳
一朵梅花落在心事里
飞檐翘角雕刻着古月
几声钟声荡尽岁月的风霜

色泽青翠，味醇芳香
章园茗茶香浸泡着时光
花香压低烛光

珠帘卷起暮色
青砖黑瓦映着旗袍女子的青春
蝴蝶沿着传说的痕迹轻轻飘来

运河公园

穆湖溪。习习花香挤远桨声
柳丝摇落了唐宋的烟雨
几声桨声疏通着传说的通道
点点游鱼是线装书散落的文字
文字样的野鸭
从涟漪的韵脚里缓缓绕出
耳环样的桥影挽着月亮的腰肢
雨伞撑开明清的故事
花香掬起一抹烟雨
平仄的水声传送着几许浪漫
芦苇遮住鸟儿的梦乡
鱼竿探进了历史的深处

商务楼宇是蓬勃的字词
多层次灯光劲书着智能与激情

迷人的光影加速着理想和梦乡
月光在咖啡香生长着清纯的韵律
窗外的湖水倒映着千年时光
拔节的楼影高擎嘉兴经开区雅致的修辞
生态绿道牵引着花期
野鸭从涟漪的韵脚里绕出
碧绿的湖面倒映着经开人奋进的美德
酒水里泛起传说
鲜美的菜味弥散着幸福的时光
高速发展的故事
压低掠过的鸟影和霞光

嘉兴智慧产业创新园

天琴湖。黑天鹅从花期和传说中游出
花香落在情话上
垂柳抖开霞光
鱼尾勾住了唐宋的时光
白鹭的长腿
探进春光深处
花香推远烟雨

桥影是历史抖动的袖口

鱼唇吐着光阴的故事
电梯升高着美德与和谐
创业创新高地
搭起了创梦者的助力舞台
“两大经济、两大产业”
闪烁着温馨和浪漫
花香和幸福牵引着脚步声
大手笔谋划的智慧产业创新园
澎湃了热血和激情
鸟影的尾梢上跌下烟雨
银色的月亮从鱼虾的臂弯里缓缓升起
一抹咖啡婉约的吻痕
在心灵深处落花如雨

作者简介

聂振生，男，生于1971年。作品见《诗刊》《作品》《厦门文学》《山东文学》《读者》《意林》《诗潮》等，曾获晋宁庆祝建国 70 周年一等奖、济南红叶谷征文一等奖、美丽五常一等奖、柳亚子杯二等奖、“遇见张家港湾”诗歌征文二等奖、中国梦新遂宁三等奖、全球华人话兰州三等奖等奖项。

嘉兴经开典赋：江南凝照或产业璀玮的丝绸章句

陆承

（一）

古韵兑换簇新，兽骨和陶片的意蕴，指认了江南的
本体和喻体。此刻，星辰照耀南湖，照耀
一座城中城的兴盛和热忱，比拟的意义，咏叹春秋，
琴瑟十二时辰的雅致和辽阔。奔忙的车辙，呼应三十而立的
磅礴，温润的丝绸，锻造征途或归来的风帆。

笔墨充盈，青春题记，嘉兴经开区的滥觞或壮阔，句读
1992 年 8 月的盛典和拙雅，蹒跚之踪杂糅翱翔之迹，
叠嶂现代服务业集聚区和国际商务区的气象。场域凝聚力量，
蓝图舒展幻境，棋局演进，乐章华美，南湖的譬喻和指认，
盎然了一座座坚韧而航行的红船，信念纵深河道，
康庄筑造内心的殿堂，以及奔赴虔诚的命运协奏曲。

（二）

谁眷写“运河搬来平仄和瓷器”，浪花注疏经卷和黄金，
迤逦的浸润，焕然大地和苍穹。凤凰和孔雀起舞，
鲲鹏和大象对弈，幻境和梦想蓬勃了灵犀和画卷。

驰骋的高铁，负载希冀和绚烂，旺盛的石臼漾湿地，蕴藉
芦苇和鱼虾，翩翩的荷叶，诵读词牌和律令，
沁雅了一份嘉兴经开生态白皮书。蛙鸣兼及蝉鸣，鸟语隐喻
花香，丰沛的编纂，沿袭禾城的冠冕，仓廪的显像和雅颂
斑驳了 284.8 平方公里的衍生，以及茂枝和繁花的工笔和写意。

在中环南路，霓虹映照攀升的术语，灯火誊写丰硕的
报告，我和另一个我，观澜或索引嘉兴经开区的前世和今生，
在笃定的内核上，烙印或雕琢神迹之上的俯揽和述怀。

（三）

产业奔涌江河，福祉镌刻咏怀，长三角的典章，
重构一座城池的风度和内涵。顶层设计的鎏金，回环
建筑哲学的铿锵，在一方幽深的印章上刻度辉煌和斑斓。

项目引擎了巨大的能量，和缓的陈词缀及本纪或列传的
体例，“人民给我一方土，我还人民一座城”的挂幅
布局云翳和飞翔。静美的叙事，焊接浩荡的抒情，
在沪嘉杭 G60 科创走廊上垒砌丰饶和酣畅，数据添置简牍，
交通佐证霓裳，汉唐气韵，回刍臻美的坐标和珠玉的谱系，
加速的曲线，点题了嘉兴经开区的闪烁和沸腾。

此刻，嘉兴长卷局部勘察图墨香环顾，砥砺的韶华
呼应沪上的观澜和弦歌，以及递进的齿轮上芬芳的花露。

（四）

科技镶嵌羽翼，可知或不可知的语义，点缀轰鸣的
车间，精湛的产品。二十世纪末和二十一世纪初的光耀，
侧记异域的点缀，或科学与生产力的章句上鎏金的激情。

目录学的册页上，日本日立况若隐士，高亢了信息系统的运转，
美国雅培的品格，氤氲了童年的欢乐。荷兰飞利浦的便捷，
顺遂了脸庞的气度和笑容，德国采埃孚的匹配，精准了
驰骋的修辞和意蕴。丰饶的舞台上，一盏盏内燃之灯，
映照艰难妆成的容颜，催动永不停滞的号角。幽静的

宣纸上，我捡拾昨日的星光，汇聚明朝的晨曦和欢歌。

此时，嘉兴经贸志的扉页上，经开的落款，优美
而厚重，葱茏了水乡的肉身、灵魂和开阔的胸襟。

（五）

布局丝竹了姚家荡的涟漪和水草，绮丽的格调
丰硕了拓展的平台。社稷绵延江湖，王庭的辞令
充沛了装备制造业和汽配产业的玲珑、纪实和盎然。

一阕阕移动的屏风上，烁动蓬勃的意象或缜密的公式，
高端食品产业和电子信息产业的简轴上，传统和变革交融，
涅槃的幕布上，高铁新城和先进制造业基地的剧情，提振了
庸常的演绎。风情之上，智慧产业园和中德产业园轮转
上林赋的气度，镜像之外，国际金融广场和马家浜健康食品小镇
夯实风雅颂和赋比兴的边界和外延，以及一帖碑刻的典范。

在温暖嘉驿站或城市书房，手札轻盈往事，焦墨荟萃
情怀，广袤的视域层递敞开的胸襟，或恒久的圭臬。

（六）

坼裂的律动，篆述微言大义，念及三十年的蛰伏和浩荡，
奋进的比照，容纳城南、嘉北、塘汇和长水的
脉络。尊崇或神圣的宣纸上，古雅引为时尚，
丰腴的章节，夯实了新的征途。半个甲子的置换，
丰厚了叠嶂的美学，簇新的弦歌，谱写新时代的乐府和华章。

“小政府、大社会”的冠冕和机制，澎湃了
一曲高山流水，点睛了二泉映月的情致。眺望之墨，
敕凿一尊唯美而斑斓的神像，关乎信仰，串联知识和创新，
锐意的表达，凝照蚕桑和垂柳，以及一条澄明的小径上，
更加繁茂的根植和绽放。语序峥嵘，金属鸣奏，万物析出
荣光和笃定，在三十重奏的途径上映像光亮、热忱和壮丽。

作者简介

陆承，男，1984 年生于甘肃榆中宛川河畔。诗文先后见诸《散文诗》《黄河文学》《甘肃日报》《星星》《人民文学》《扬子江》《诗刊》《文艺报》等报刊，有作品入选《21 世

纪年度散文选》等选本，荣获首届中国（日照）诗歌节一等奖等奖项，参加第七届及第十届全国散文诗笔会、《人民文学》第五届“新浪潮”诗会，入选甘肃省优秀青年文化人才。

三十年砥砺前行，
与一滴水、一朵花的内心汹涌

方向

（一）

1992年8月，春天带走的一些蓬勃与花香、希冀与畅想
又回到秀洲、南湖一隅，一种新生力量与憧憬
在此生根、发芽、开花

八月开局，水捧着水的清澈、花捧着花的芬芳
一步步进入某个源头

“嘉兴经开区”，你像经济大潮中一粒饱满的种子
被一双朴实的大手，种入水乡国泽

一种象征着多种渴望的征程，将从一阵暖风中
拉开一道美丽的风景线，将在第一锹泥土下
诞生出轰轰烈烈的经开最初印象

八月，石榴花开过了、杜鹃花开过了、向日葵开过了
那深藏在 6.1 平方公里的希望继续开放

（二）

这靠近南湖的一片盎然、一滴葱茏、一朵奇葩
一定接受过某种文化的熏陶、某种精神的洗礼
某种力量的感召

一定与春天有个秘密的约定
与阳光有过多少次磨合与融入，三十年的峥嵘岁月
才孕育出嘉兴大地上一首饱含深情的抒情长诗

一定和七千年的马家浜文化，在同一滴乡音里
亲切交谈过，彼此交出内心的烟火与坦荡

我们不能分割的红船印象，一定在淡淡月光下
悄悄驶进这里，给那些破土而出的禾苗
讲过什么是忠诚、什么是光芒、什么是传播
什么是万众一心

红船上十三双举着黎明之光的大手
为你揭开生机勃勃的新征程时代

诗意长出来、诗韵长出来、一颗颗诗心般的初心
从秋天的号角出发，走向一页辉煌

（三）

这波澜壮阔的三十年，我们好像都是从一棵弱不经风的草
一天天长大、一天天举着一块晴空
行在美丽水乡深处

好像那些因水兴旺、因水而美的传奇故事
同样发生在你我身上，一滴乡情
曾在你我的周围，荡起千层浪、万般情

它打开的经开区，滋润着 6.1 平方公里的低音区
茂盛的根须一寸寸向秀州腹地延伸着
在肥沃的土壤里，它找到了嘉兴的另一些根须
另一些文明的厚度与深度

它进入了一片比马家浜文化更宽广的源头
那么多生长着的美好事物，不仅是文化的沉思
历史的彻悟与沉淀，也是现代快节奏生活的一次大跨越

制造业、电商业、高等教育，这些与中国复兴梦相关的词
都以春笋般的破土之势，汇成浩浩荡荡的春流

（四）

我期待的凤凰落在这里、布谷落在这里、百灵落在这里
恰似梧桐林的产业链上，你为它们准备了足够的阳光
丰沛的雨水，去营造每一个幸福空间

我向往的花海，终于从荒凉处
带着千万朵欣欣向荣的初衷，从姚家荡湿漉漉的乡风中
一步步走到五月彼岸

亲爱的向日葵，第一次以抒情者的身份
站在经开册页上，那不断涌动的金色诗意、绿色低吟
仿佛打开了一页欣喜

美生出了更多的美、诗写下了更多的诗
清风生出更多的清风，春深的脚步刚刚抵达经开脚下

我读到了花草的韵律、诗词的纵深、乡音的飘扬
读到一只年轻的布谷鸟，一路撒下的艰辛、跋涉、眺望

读到一朵石榴花中央，坐着一座蓬勃向上的新城

（五）

读到成千上万只蝴蝶、成千上万只蜜蜂时
我才知道，一滴清澈、一滴乡音
它们共同孕育的一枚经开梦，从未停止过对美好事物的呼唤与追寻

它们一直酝酿着这片大地上一杯最醇厚的美酒
一首最生动的抒情长诗、一曲最柔美的水乡情

我才知道，你一直坚持着
让那些扎根在此的红色信念、白色善念、绿色希望
都能在自由呼唤里，感受什么是辽阔、芬芳、美丽、和谐与共进

都能像花儿一样，一边歌唱幸福春天
一边描绘醉美嘉兴带来的生态宜居、宜业、宜游

才知道，三十年的发展重心
是诗的、词的、水的、家的、花的、朵的
是千千万万枚向阳而生的青叶子的

是中国梦与长三角高音区耸立的一枚关键词

（六）

三十年，我喜欢听一朵燃烧中的石榴花
讲述春落南湖的秘密、风起姚家荡的某个八月清晨
喜欢红杜鹃带来的大面积红色汹涌与激情

它们都与我一样
喜欢身披春晖的跋涉者，走在密集的花雨中
用历史与现代的两种手法，写山清水秀
写南湖的博大精深、写烟雨中一对相亲相爱的春燕

喜欢站在诸多精彩里，面向一颗冉冉升起的灿烂星星

聆听春天的水纹荡起 37 万朵美丽经开涟漪

三十年，我们不曾忘了铁锹上留下的滴滴回音
不曾丢下一粒种子用心读出的每一颗寸草心

今天，你拥有的源源不断的乡音、乡情、乡结、诗情画意
依然是一双手上熠熠生辉的关键词

我们都不曾忘了，每一双伸向经开主题的手与眼神
依然能读出纯朴、痴迷、坚韧与青铜的原音
能触摸一盏光明的温度与高度

（七）

爱，又一次超越了我
在 110 平方公里大面积茂盛区，一滴水
已形成了多滴恩泽、一朵芳香
引着绚丽多彩的花海，来到你我身体

许多美好事物，在潜意识里开花、结果
它们真切表达着三十年的动人情节、三十年的忘我精神

它们眼中的经开，从一个牙牙学语的孩童
已长成一位德才兼备、成熟稳重的青年
你所经过的风雨沧桑、跌宕起伏，都被它们一一记在心头

它们教会了你行走、奔跑、沉思、判断生活的虚实
教会你在超大的画板上，标出经开精神、春天的源头
与一湾乡愁的始发地

教会你用爱与被爱、和所有关切的目光
共同谱写江南水泽的又一卷美丽中国嘉兴行

灯下，千百次读你的经济、生态、民生、文化
与温暖依旧的乡音时，心中那一泓静美
还是忍不住泛起阵阵涟漪

仿佛你我又回到母亲身边，聆听南湖的红月亮
搬动红色江山的沙沙声

仿佛桥体月季、金鱼草、心心相印的向日葵
与日立、雅塔、飞利浦、采埃孚、你我，都是同一棵树结出的善念

作者简介

方向，原名方小为，男，曾获2020年柳亚子全国诗词大赛冠军、2020世界献血日全国诗赛冠军、2021罗星和合杯全国诗歌大赛一等奖、浙东唐诗之路二等奖等全国七十多个诗歌奖。作品见于《星火》《绿风》《辽河》《诗江南》《牡丹》《广州文艺》《作家天地》等。

2022.5.15

望经开兮流光（组诗）

冯加乐

（一）

用小康扮靓经开的容颜，教人们重新感受
怎样的生活才算幸福
城南嘉北见证，塘汇长水见证
经开有了繁华的蝶变

高质量发展栖息在你的身上
经济铸就了辉煌，在复兴中彰显芳华
像椽笔彩染，描绘出一整个经开区的盛世蓝图
生态宜居，产城融合
现代化新区的蓬勃英姿，迎着时代的洪流，行进

用小康扮靓经开的容颜，就是身背使命
将投身建设的召唤响应得掷地有声

（二）

逐梦的经开，将风华镶在城市轮廓中
拓荒拥抱着科创，品质筑成了新的名片
深耕，以缱绻匠心打造专属印记
为禾城点缀经开的锦绣

看你的广厦环耸，看你的亨衢通达
看你藏在姚家水荡里的溢彩流光
以高铁南站为毂，以轻轨电车为轴
你是驮着五彩嘉兴的车马
载了三十年，行了三十年

逐梦的经开，踏上奋进的新征程
在嘉禾的澮澮流水里倒映出生生不息

（三）

挑开披在经开的夜色，曦光秀映
宛若丝质的长绸滑过肌肤的瞬间
恬淡且幸福，缥缈而悠远

迎着朝阳，凝望经开的风色葳蕤
国商的豪放与江南的婉约相得益彰
运河也厚植了情怀，虔诚地追着拂晓的风
流淌出了文明的典范
流淌进了每个经开人的心中

挑开披在经开的夜色，曦光落在
这方水土，疏落出璀璨无边的明媚

作者简介

冯加乐，同济大学附属嘉兴实验学校教师。

三十而熠，风华正茂

清雅

运河的古韵
千年的风华
一枚穿越七千年历史的稻谷
在盛世的轮回中生根发芽
吹过改革巨变的风
淋过踏浪前行的雨
翻过重重阻碍的山
它风雨兼程
郑重地诉说着一个神话

从前啊，有多久，三十而已吧
三十而立
三十而熠
三十年弹指一挥间
三十年沧海变桑田
三十年，从偏居郊野的荒草地到繁华热闹的中心城

三十年，从一穷二白的苦家底到品牌林立的世界城
三十年，从 6.1 到 110 平方公里的国家级创新驱动城
你完成了从小到大的蝶变
你书写了壮丽非凡的诗篇
浸润着七千年马家浜历史，你无比厚重
沐浴着三十年改革的春风，你矫若游龙

而这是神话吗？
我在不停地找寻
在田间地头的精耕细作中
我感受到了经开人勤恳辛劳孜孜以求的实干精神
在繁忙工地有序的施工间
我感受到了经开人虽风餐露宿仍执着建设的创业精神
在华东最大水果市场繁忙的物流里
我感受到了经开人志存高远争创一流的超越精神
在防疫一线的日夜辛劳里
我感受到了经开人舍小家为大家的牺牲精神
在当排头做先锋的声声号角里
我感受到了经开人找准定位敢于亮剑的拼搏精神

而这怎么是神话
分明是把握时代洪流辛勤浇筑的宏伟大厦
分明是日夜兼程忘我拼搏垫下的一砖一瓦

在时光中找寻
三十年前的宏伟设想
在时光中印证
三十年后的壮丽辉煌
逆势前行中，你始终加速奔跑
连续 8 年在考核中名列前茅
跑出了绿色发展的新引擎
跑出了城市蝶变的高颜值
跑出了民生幸福的初心路
跑出了腾笼换鸟的快车道
三十而熠
风华正茂
我们见证了你的从无到有，澎湃新潮
我们见证了你的海纳百川，独领风骚
祝福经过了冰雪洗礼风雨涤荡后的你
新的未来分外妖娆

作者简介

清雅，现从事生态环境工作，业余作文以娱之，曾在各类媒体发表散文数十篇，散获各类征文比赛奖项。

而立经开仍少年

张琦

（一）

经济开发区，一个带着使命的名字
像一把擎天的利剑破开历史
从 1992 年走向今天，丰碑耸立

你啊，从田间走来
细长的田埂向远处延伸，化为六车道的坦途
你啊，手捧泥土的养分
把贫瘠的土地耕耘，带来稻谷的芳香
你啊，嘴角才刚刚冒出青茬
眼神却穿过姚家荡的湖面，紧握号角

脊梁是动物生命的支柱
骨架已成，血肉在生
把日子晒一晒，晾在绳子上

用工业的血液，浇灌瘦骨嶙峋
生长，是一种必然
是积蓄了三十年光阴，向上的爬山虎

（二）

长三角的一个红点，放大
水网与路网交融，你的形状是包围
是一把钢铁制成的扳手
是一个大写 CHINA 的 C

高铁新城的肌理清晰可见
它强力而粗糙的手掌高高举起，太阳
在指缝间流淌成烫金的蜂蜜

视线往北，扑进老区的柔软
城市的北大门面貌不断趋于年轻
一套产城融合发展的模式
把野蛮的污浊清洗

南部，住着一个叫朝霞的少年

小散乱污的链条裹住他的双脚
腾笼换鸟，凤凰涅槃迫在眉睫
小腿已然肌肉虬结，力量，力量
发动机的轰鸣声再也盖不住了

那一年，如同那个伟人画了一个圈
开拓者们带上人民的期盼就出发了
继往者们手中多了一份党的第三个历史决议

280 平方公里的土地上，37 万人的脚印
如同人类第一次直立行走的蜕变那样，伟大

（三）

七千年前，你来自马家浜
七千年后，我踏过沥青混凝土的铺面
从远古到今天，有一块精神和思想的风骨
牢牢插在经开的胸膛之上

关于经开精神，那是一只鹰的身体
它瞳孔里的投射，是胸怀

它翅膀上的羽毛，是尊重
它的双爪尖锐，铁喙有力，是自信

希望，那一根根图腾柱上镌刻着的
是骨子里坚硬的石头魂

经开的脸颊逐渐清晰，它的美
穿过文化的洪流，在大运河上航行
运送食物的管道已经打开
瀑布上滚下的方块文字
组成了丰盈的大脑

我哪里是喜欢晒太阳啊
我只是迷恋与你一起的那个午后
我哪里是喜欢那些文化啊
我只是迷恋经开的那些人
在那个万人转运的夜晚，伫立风中
看一眼就让人沉醉的年轻的魂

（四）

我有一场约会，在三十年前
土屋，茅草的顶棚，在燃烧
那些情感，犹如四五月份的蚕豆，鲜嫩味美

记忆逐渐模糊，经开每天都在巨变
而我的时光，在倒退中与之交融
巨龙般的高架快速路与村口的羊肠小道
二十多层的高大建筑与稻草做的秘密基地
智能化厨房设备与爷爷亲手画的灶神

经开区，一个多么昂扬的名字
经开区，一个预示着拆除与重建的名字
经开区，一个有点倔强又有点浪漫的名字

如同一位母亲，盼望着子女的长大
又想要他们永远不长大
我的矛盾已然病入膏肓
那是记忆与现实的一场战役

我害怕永远回不去，也害怕永远到不来
建设者们的责任可见何其重大
不为拆除而拆除，不为制造而制造
走出虚伪的历史观和价值观
唯有记住：人民至上

（五）

未来，经开的名字将给人以怎样的印象？
光明，是它下一个三十年的底色
清澈的爱，只为经开
激荡，激荡。骄傲，骄傲

三十而立，实干才能立得更稳
三十而立，改革才能立得更新
三十而立，进取才能立得更高
望向世界地图，才能看见更大的世界

经开区，从来不做聒噪的鸟雀
那些掌声雷动，那些甜言蜜语
只是这部电影才放出的一个开头

带有密码的锁器
还在等待合适的钥匙去开启

三十而立，三十而已
它仍有少年的姿态，少年的锋芒
回到开始的初心，一切都刚刚好

作者简介

张琦，男，1991 年生，城南街道文化站工作人员。汉语言文学专业本科毕业，曾在基层社区从事社区工作者、居委会委员等工作。业余爱好文学创作，有文章、诗歌发表于学校刊物、诗集等。

经开区的自述

刘庆银

一九九二年八月的曾经
一群韬略之士将我开辟
怀揣着对新世界的向往
我的脸上满是好奇和憧憬

我是嘉兴母亲的孩子之一
我的兄弟姐妹已然成年
也开始了各自的独立打拼
而我也将踏上征途
开创属于我的天地

成长的道路上
布满了坎坷与荆棘
那些烦恼向我袭来
我选择从容面对而不是逃避
因为母亲曾给予我三样东西

一是坚定理想、百折不挠的精神
二是开天辟地、敢为人先的勇气
三是艰苦奋斗、一往无前的决心
我将用它们所向披靡！

那些拦路虎从不是我的对手
腾笼换鸟是我的武器
于是我开始凤凰涅槃
焕发了新的勃勃生机

如今的我已是三十而立
成长的经历不可同日而语
从油菜花地变成华厦林立
从拥挤路口走到高架崛起
已在这生根发芽的几百家外企
力量逐渐壮大的高新科技
郊野上建设的魅力景区
城乡一体化下生长的居民
这！是我所积攒的点点滴滴！

名为嘉兴之南的那里

有一座高铁新城跃然而立
它位于长三角的黄金腹地
有着新事物先试行的权利
也静默地期盼着你
去发现她所隐藏的惊喜

当排头、做先锋是我的座右铭
人们都感慨着九通一平的魅力
我始终不曾忘记
人民给我一方土
我还人民一座城
这个伟大使命的初心!

去吧
去城南街道里
历经七千年的马家浜文化被传承至今
姚家荡的源流哺育长大的无数生命
智创科创等多个园区蓬勃发展的基地
独具汽车特色文化的街区令人着迷

去嘉北街道里

长久建设下首届平安金鼎的荣誉
团结联合的主题无不成功的纠纷调理
南湖菱画上刻画的各类人文风景
嘉北之声号召的活动尽显柔情

去塘汇街道里
长纤塘是生态发展的景观轴心
农业和工业齐头并进共创佳绩
文化事业的系列活动备受欢迎
章氏茶园三百年传承精湛茶艺

去长水街道里
长水赛马所展现的队伍凝聚力
南站的高铁正有条不紊地运行
沪杭同城不断提升的民生经济
长三角一体规划注入新的动力

根据战略的指引
已在全城建立的居家养老中心
面带笑容的不止老人还有儿女
红色纽带组建的群

新的党建格局已被创立
它使你我相连更加亲近
全城微网格制度的实施
是引领基层治理方向的新途径

去体验万国大桥沟通南北向的便利
去呼吸槜李大桥上鲜艳盛放、透着芬芳的月季
去欣赏商务大道中斗奇争艳的花境
去发现运河新区不可估量的综合体潜力
去享受蔬菜园亲朋好友采摘加游玩的旅行

便捷的快速路可以给你一个惊喜
作为窗口和门户的嘉杭路守卫着主城区
最漫长的昌盛路不自觉地平心静气
为市区再添一条主通道的槜李路横贯着东西
夜幕下的城南路展示迷人的灯光夜景
秀美的百川路如同流动的彩色森林

智慧产业园孵化知识的结晶
物流园区迎来送往的快递
禾源新都洋溢着拆迁的欣喜

人才公寓是外来学子的根据地

温暖驿站里
备受呵护笑逐颜开的居民
城市书店里
莘莘学子专心对知识力量的汲取
沿河绿道里
亲近大自然的美好并强身健体
这！是我坚持不懈的经营

我从筚路蓝缕中走来
乘风破浪到春暖花开
我的身体种满了花海
增添了几多斑斓色彩

母亲啊！母亲！
我已经拥有了直面一切的能力
也可以站在你的身前为你遮风挡雨
即使如此
我依旧深深地眷恋着你
未来的我仍会磨砺自己砥砺前行

不断为你创造深感骄傲自豪的惊喜

穿越了三十年的风雨
曾经的变革也被重提
而这
不过是我的部分事迹
更多的
仍被留在时光的记忆
细数着发展的轨迹
离不开党的光辉和指引
若有人要问我的来历
嘉兴经济技术开发区
这，就是我的姓名！

作者简介

刘庆银，供职于嘉兴经济技术开发区园林市政建设有限公司。

嘉兴经开区，抒写三十年的蝶变与乘风破浪（组诗）

王泳冰

嘉兴经开区，以翱翔的修辞抒写梦想

与时光角力，与梦想并驾齐驱
与蓝天澄净的心灵，怀着相同的旷阔
嘉兴经开区，从无到有
从小到大，像慢慢翻阅的一本大书
一页页绚丽的过往与历程
装订沉厚的辉煌

积跬步。成长史，奋斗史
筚路蓝缕的艰辛与嬗变
刻度一座品质新城，伟岸的坐标
——自 1992 年呱呱落地，先行先试
到新起点“八八战略”恢宏乐章的奏响
嘉兴经开区，在进取、争先的跑道上

不断轰鸣，起飞

“2+4”产业平台，犹如磅礴重器
一点点加筑着人间芬芳
红船之畔的一朵杜鹃，绰约绽放——
发展与生态，两股幽香交汇和氤氲
励精图治的浩荡情怀
在蔚蓝苍穹，激荡抒写

三十年风华正茂，三十年坚韧磨一剑
如今，嘉兴经开区发光的身体
在大地闪烁。风生水起的大格局
令人向往的瑰丽图卷，迅速攀升的数字
仿佛一道道变幻、璀璨的霓虹
让流金岁月，一次次为之惊叹与侧目

石臼漾湿地公园，捧献一颗清纯的心

沁凉的风，自湖面吹送
细微而亮泽的涟漪
如每个嘉兴人

揣着温润、美好的心思

石径上，漫步与沉醉
青翠草木间，俯仰天地
一种高远、空阔的美
沾着博大的清新，萦绕在湛蓝的天穹

石臼漾湿地，一叶巨大的绿肺
一汪清碧、激越的眸子
它带着生态优先的纯净之梦
将一座优美、灿烂的新城
一点点送达幸福不息的光阴

潋滟，波涌，仿佛石臼漾绵长的爱
仿佛嘉兴经开区正在制造的
一枚枚壮丽花蕾
在跨越发展的新时代
弥漫着沁人心脾的香郁

净美的生活，打马而来——
嘉兴经开区，有一颗无比清纯的心

而此刻，我和安逸的水鸟一起
听石臼漾拨动细弦
吟唱一曲华美、悠远的天籁

阅读一首壮美的诗篇

这首诗，是一群勤勉、实干的人
以卓越的才华，辛勤的汗水
写就的恢宏、壮丽的巨制

这首诗，在秀州大地110平方公里
宽大的宣纸上激情抒写
苦心吟哦，三十年绵绵心血
使它漫溢出磅礴的诗意，厚重的蕴涵

捧读嘉兴经开区
这首诗，就会与飞利浦、乐高、雅培……
那些闪耀夺目的词语，不期而遇

就会撞见姚家荡
双溪公园，石臼漾湿地……

那些水润、翠绿而优美的修辞
弄得满身清新

就会读着读着，一颗惊叹不已的心
落入高质量发展
与新时代“富春山居图”的卷轴中
不息翻涌

作者简介

王泳冰，男，江苏南通人，江苏省作家协会会员。诗文见《星星》《诗刊》《绿风》《天津文学》《北京文学》《山东文学》《散文百家》《飞天》《延河》《作品》等文学期刊与报纸，作品入选多种选本，获奖若干。

嘉兴经开区三十年：一卷华章，一个梦想（组诗）

王静静

（一）

嘉兴经开区：展开，是一册诗书或者一幅画卷
合上，是一种思考，一种创新的审视。姚家荡畔
甜蜜的修辞，书香的气息，皆在梦境之中
幻变成真实的雕刻，于水乡之上，绽放笑脸的地方
隐喻着流水的走向，把梦境延伸至图卷的色彩深处
把平凡世界里的仰望，珍藏为新时代的歌咏

承接的谱系上，辽阔的想象中
莘莘学子，埋首苦读，在科技与创新的乐章之中
一遍又一遍陈述嘉兴经开区蝶变的光彩
绚丽多姿，五色斑斓，追梦的历程
就是搏击风浪的历程，就是展望自己的梦想
一次次贡献着内心的热量与思考

（二）

借我一粒姚家荡畔的鸟鸣
打开嘉兴经开区的绿意
借我一缕高铁新城的花香，萦绕在马家浜文化的梦想之路
借我一句赞词，赞美这城，这水，这城区里的
岁月之光，借我一个词牌
在嘉兴经开区旷美的天空下，抒发心中的真情

我动用一支巨笔，在嘉兴经开区的画卷上
泼墨，书写，行云流水如一个飞翔的姿势
要把姚家荡的相聚，幻变成创新谣曲
嘉兴经开区——湖水溅起的水花
春天诗章的空灵与优雅
一笔一笔，记述在闪光的日月中

此刻，请允许，我用叶尖上的露珠，去寻找
光明，去寻找青花瓷上的那一抹浓淡
去寻找烟火尘世里的激情与昂扬
也像流水寻找出口一样，探寻一座商务新城
缥缈的意境，

以及意境中的幸福与沉醉

（三）

嘉兴经开区，汇聚了美学中的纯真描写
我需要借用一个诗人的沉思，一个画家
审视的双眼，还有修行者的心灵
来共同捉笔，共同绘就，就像完成
一件瓷器的上色——
写出嘉兴经开区的繁荣，写出嘉兴经开区的丰饶
写出嘉兴经开区的秀美，写出嘉兴经开区的和谐

当我写下：城市书房，绸缎一样柔软的古典水墨
在我脑海中浮现，幻灯片一样，一幅幅闪现
我想起了一首诗，一首赞美嘉兴经开区的诗
春风是开头，细雨是结尾，
而高潮部分，则是
一个诗人对嘉兴经开区真挚的爱意
他要赞美，要抒情，
要喊出心底的那份热爱

这是一座静与美相结合的新区
也是一座蓝天白云相辉映的新区
更是一座宁静与祥和凝成的诗卷里，素朴的城区
去高铁新城走一走吧，去看看繁忙货运
去看看商务区新的姿态新的希望新的梦想
去姚家荡捡拾几朵浪花，去打开心灵上的江山
留下一棵松树扎根时的忠诚

当我写到嘉兴经开区
借我一根古藤，攀爬在大树的最高处
借我一丝醉意，描摹嘉兴经开区的幻影
借我一片落叶，一路欢歌，一路奔腾
来赞美嘉兴经开区，不要大张旗鼓，
就这样，润物细无声，像春雨飘过，留下诗情和画意
留下一个诗人，心灵上的波涛和纯真

当我写到嘉兴经开区，夜不能寐
我在经开区生活、感悟，在这里，有了幸福和圆满

（四）

发财树、绿萝、杜鹃花，舒展着
打开嘉兴经开区春天的绿意，那纯情的美
宛如一幅生态之画，徐徐展开
让修饰与修辞，有了着墨的地方，展示蓬勃
与生动。嘉兴经开区，状如翡翠，闪亮

多肉是一个封面，凤梨也是一个封面
一张张明亮的幻灯片，从我的脑海
层层掠过，我想起了抒情的字和词，需要
排列，需要比对，无疑，都是在
花木的芬芳中，打开柔媚与柔情

多么美的嘉兴经开区，已然拥有了动与静的优雅
已然是一群孩子，站在姚家荡边的苗木之中
朗诵绿与美好的诗
鸟儿飞上枝头，鱼儿潜入水底，在嘉兴经开区
我在岁月的河流中，捕捉那些
让我感叹的细节，是的，无言的美，是真正的
大美，在嘉兴经开区，这样的美，让我流泪

（五）

我写下嘉兴经开区，写下一个新城的幸福火焰
写下草木柔情，写下天空撒下的清凉绿意
我还要为嘉兴经开区作一个美丽的注脚
一朵朵盛开的小花，仰着脖子，歌唱
美丽生活的绿地与想象

我写下嘉兴经开区，写下姚家荡，一脉清水
有水就有灵动的诗词
就有落日和明月，在水中的交接与汇聚
那双明亮的眼睛里，藏着创新和锦绣
还有诗篇，闪光的诗篇

我写下嘉兴经开区，写下心灵最深处的祝福
宜居的福地，祥和的气息
在荡漾，在还原我对美好，对宜居生活
真诚的向往。是的，从沿河绿道走向高铁新城
从流水走向新的垦荒之地
嘉兴经开区：天然的舒缓气息，点缀一首腾飞的赞歌
让孩子们在月下，轻声朗诵

（六）

嘉兴经开区的美，是一种动人的美，有草木秀色
有钢构交响，还有希望与创新的变化
我驾驶着车辆，来到这鲜花盛开的地方
那弥漫着的芳香，那芳香中的歌谣
映衬着一个新城的繁华与富庶，歌唱与欢愉

嘉兴经开区的美，还是一种磁性的美，吸引着我
吸引着我走进变幻的色彩
去接近城区的建筑，市井人声，幸福的光晕
从人们的脸上扩散开
莘莘学子青春的奔跑，在前方招手
那嘉兴经开区的企业正列着队，期待着迎接四方宾客

嘉兴经开区的美，总是把思念和乡愁
寄托在行吟与吟哦的形式
读出汉字里的伟岸与刚强，读出一个新城
宁谧的灯火，朴素的愿望
以及在古老的星火中，放飞自己的创新
是的，寻找最后的辽阔想象，给嘉兴经开区以活力

作者简介

王静静，笔名静子、紫苏，1985年生。在《诗刊》《诗潮》《星星》《中国诗歌》《上海诗人》《文学港》《新民晚报》等报刊发表作品。曾获诗意启东行全国诗歌大赛一等奖，陕西延川行文学大赛一等奖等奖励。

诗歌二辑

吟哦当风

运河……运河……

伊甸

（一）

运河每走一段路
就从大江大河中获取力量

它也不断地给那些
羸弱的、胆怯的小河以力量

（二）

运河在白天一个劲地奔走
在黑夜一个劲地奔走

在锣鼓喧天时一个劲地奔走
在死一般的静寂中一个劲地奔走

万物变幻无穷，只有运河
永远在心无旁骛地、坚定地奔走

（三）

运河把身体向苍天敞开
亮出每一条皱纹，每一个伤疤
每一点污渍

以及它所有的血
它干净、透明的血！

（四）

运河总是睁大清亮的眼睛看着我

它的目光是对我的折磨
我体内体外的阴暗
受不了它细细的打量和审视

什么时候，我也能睁大清亮的眼睛

问心无愧地看着它

（五）

我看着早晨的太阳涨红着脸
从运河中怯怯地升起
我看见黄昏的太阳涨红着脸
颤栗着身子缓缓地回到运河的怀抱里

太阳总是在犹豫，总是在担心——
“我的举动
会不会伤害运河的心？”

太阳的血和运河的血
在一块儿流

（六）

运河在身边，我就不孤单
运河在奔走，我就不会停下脚步
运河在跟世界说温暖的话

我也跟世界说温暖的话

运河教我怜悯，我就怜悯
它安慰一片落叶，我就抚摸一棵小草
运河训诫我的虚妄、无知、贪婪
我就低下头来，默默忏悔

运河喜欢光，我就把光洒满自己的
皱纹和诗行。运河不干涸
我的灵魂也不干涸
运河流泪，我就是它的一颗泪滴

（七）

运河竭尽全力地带走人世的哀伤
人世的哀伤仍然像泥土那么多

运河源源不断地赐给我们爱
我们仍然有那么多人患了情感贫乏症

如果我们每个人都是一条运河……

（八）

运河的每一道水波
都有惊心动魄的故事

河上的古石桥，岸边的老樟树
用满身的伤疤讲述着与运河有关的
灾殃、苦痛、逃亡、反抗……

如果我们愿意倾听
运河就会像严峻的历史学教授
细细讲述每一个朝代的真相

（九）

天空，向运河低下头来
土地，向运河低下头来
树木，向运河低下头来
我，向运河低下头来

致敬，忏悔，祈祷……

（十）

运河说，要有光

运河用它的光照亮幽暗的泥土
孤寂的树干，忧伤的蛤蟆……

运河用它的光，一次又一次
把我的灵魂从晦暗中拯救出来

（十一）

我的爱，我的敬畏，我的怜悯
我的痴迷，我的虔诚……
只要有一种能像运河那样
永不停息地奔流，无畏无惧地
奔流，我的一生
就对得起运河了

我愧对运河……

作者简介

伊甸，1953年出生于浙江海宁。一生的大部分时间在教书和写作。曾两次被学生推选为“心目中的好老师”。出版过诗集散文集小说集共十几种。作品选入《新中国五十年诗选》《当代诗歌精品》《21世纪中国最佳诗歌》等几百种选集。

在水边（长诗）

尤佑

（一）浜

过圣堂路，一股七千年前的风吹向车窗
白鹭翔集的乡野，日渐旷远
江南低洼地，时间暴露在土层
先民种稻已碳化，我们种麦又新绿
新冠历三年，在经络膨胀的四月
孩子们偏爱春光与旷野
我听见河流经过马家浜的响动
年复一年的绿在反光
野花记忆随墓葬叠加
往事扑朔迷离，一锄头掘出豁口
将土层中的玉器唤醒，石头上的圆孔
吞吐朝暮，述说
一个关于人类驯养野物也驯服自己的故事
此刻，河流静默

沿岸的豆麦为水塑形，却怎么都是如沐平和
石头、木头、骨头、草籽，更有立场
它们用形体语言拉开叙事的诗篇

十年前初夏，我在田埂上
与石头对视，它惊恐于先前的沉默，坪上的农夫
正在收割他们的油菜，像我的父亲一般熟练
他们熟悉农作物的语言，懂得河流的走向
明白土地和阳光的交媾渗出汗滴的意义
我也试着求索。当我再次与石头对话
田埂消失，父亲体内的田埂消失
他成为我意识中的一块平原
人们在其上种植景观桃、小麦和绣球花
花圃居北，春的力量是一张紧贴大地的皮囊
博物馆占中，黄泥立起光影，色泽有棱有角
展览馆偏南，七千年前的生活被制成短片
反复播放，以及我
试图找到河流方向，无奈时光不再、记忆模糊
惶惑中，孩子的欢呼
将我唤醒——我体内漫溢出的支流
都涌动有声了，这脚下土地的变迁又何尝不是

眼下，匍匐在地的农夫
在收割土地后，穿上“园林工人”服
在旷野上吃着盒饭，面对这代孕千年的土块
不再播种、生长、产出

在水边，在矛盾的右岸
历经七千年的昼夜洗礼，泥土保持生死平衡的肥沃
一条河流分叉，江南水网密布
田埂旁的小溪仍能欢唱夏日民谣
一个人的分叉，借助河流的子宫
衍生一个又一个的梦与故事、饮食与欢笑
一段历史的奔突、勇进，喧嚣掠过水面
我们在郊野，在城市边缘的弱光区
寻找一方静如处子的玉璧
她带着蓝雪花的气息，指认物外的芳香
从深山老林里刨下的树皮铺在脚下，大树成舟
土里长出钢钉，牢牢抓住暴晒的泥块
青草漫溢出的田埂，光洁如砥
在春光映照的水纹里，我们画下肖像
像先民驯服河流、野物、石器一样，豢养自己

（二）塘

生命之源，智者邻水，上善若水……
在河畔滋长的生命思索着如何形容水的样貌
正如探索存在的意义
从马家浜走出的族群，设郡县由拳
经长水而入海盐塘——海滨墓园里埋葬了什么
沿途是叫嚣的叶浪
只有河流这本账簿上记录俯首的次数
去海上，我看到
“大海永远在重新开始”
春天是，大地也是；珙桐是，我和我的孩子也是
沿着海盐塘走上两公里
河面熟宣上写着“三山云海几千里，十幅蒲帆挂烟水”
柳树长出了女人的头发
——蓝边碗口大的柳树
为了让河面透气而被锯断了头颅
终究是被裁断，终究是为见远方而迁就现实

在堤上，我吟哦过屈原，陶渊明，苏轼，废名
他们在水上写就的诗篇至今我仍在读

我朗读过但丁，艾略特，瓦雷里，托马斯，威廉斯
他们用水写就的诗篇至今你仍在读
鱼在水底倾听异乡人的怵栗
折返的河水浩荡回响，从内部爆发的力量
让我与清风流水相向而行
我明知大海的方向，却逆行在人世
是啊！这人间的花太明艳
丢掉书卷，走出荒草萋萋的岸堤
向冰激凌贩卖机靠近，看青衫红袖叠加起舞

月季园热闹非凡
令人惊诧，上一年的秃枝又成了迷宫
孩子们踩在石子路上，咯吱，咯吱，咯吱
花儿别枝朵朵，明艳，明艳，明艳
少男少女着短装，在取景框里拍照
他们留下的素淡与妖娆
十年后再看，云落江水花弄影
帐篷里的夫妇相拥而睡，男孩在溪边钓小龙虾
“虾是水世界的呆子”
一根断枝，系一条细绳，扎一块猪肝
腥气弥合水草，为食而亡，从不掉书袋

孩子失声惊呼，按捺喜悦，将网兜探过去
他的溯溪鞋随后入水
这又何妨——一首童诗就此显形
难道这月季园的诗篇不比江水上的旧作更胜一筹吗

（三）汇

一条农船载着师恩与茶韵抵达颜马浜
三百四十余年，那夜色里的白篷
往返于绍兴嘉兴两地，应了那句“钟爱贵地之茶也”
迁居的可以是包装华贵的“明前茶”
章先生完全可以只持戒尺、好为人师
但茶韵与先生不止于个体
他们写就的是半岛一般“小气候”
“徐王庙后三弓地，罗嶰山头一品春”
当弟子们连泥带树运送而至，茶树在春天复活
此处成为嘉兴平原上唯一的古茶园
当我抵达时，水中小岛已在南风中醒来
太湖石以死灰面孔诉说羁旅的忧伤
火棘果献出火红的激情伴其左右
槐树的杪已枯干，它凝望来处

水面上写有春汛，故乡的消息一句一波地传来
选择在异地生活，就选择了顾盼不得
有惊无险地走过两支断木合成的桥
我坐在小岛上，千山万水从风中浮来
心泛微波，对于这座园子，我为何存在？

与一棵树、一株草、一朵花
又或是水中的一尾鱼，类似
我端坐在长纤塘右岸，冥想
当新冠疫情阻隔了交往的通道
我们在水上的上古生活得以再现
或许，河流将最后消亡
我们抛弃了汉字的船桨，在现代化的公路上
驱驰。从一只寂静的咖啡杯把手上
走神，入神地放映昨夜女人的体香
她与茶发生冲突时
一只白鹭掠过水面，用翅膀切割光线
我是一个从古意中走出的现代人
坚信：竹无俗韵，茗有奇香
存在不仅为存在，它衍生了果肉与浆汁

夕阳下的茶园，百水交汇
面对时代激流的轰鸣，唯独河流没有疲倦
面对岸边消逝的事物，唯独河流趋于永恒
我在《诗经》的水边
画一幅兰芍之恋，支流涣涣，且往观乎
对岸的倩影若即若离
河流静缓，流经虚拟的城
它早已宣示主权，契约刻于桥堍
我从桥头走过，听到风的劝勉
古木与高楼立在两岸，云彩倒映水中
炊烟缭绕，茶香穿过清明的哀伤
我对世间的争吵喧嚣已无挂虑
在这得天独厚的小岛上，灌木与我一起生长

（四）漾

京杭大运河远道而来，慕名利而溯洄从之
泥沙俱下的生活，忘记了一叶扁舟的重量
去时与来路对峙，蛰居江南一隅
俗世增长我的赘肉，爱情又剔我的骨
在日趋负荷的幽暗森林中

拈花一笑，形意消瘦
我渴望在杭嘉湖平原上看到山峰生长
诗，则是那山涧清流
它以坚实的土壤阻挡运河之水倒灌
入定。甚至停止去海上的梦，饮水止渴

很庆幸，诗找到了我——它是中年生活中的
一道斜坡。在禁忌中找出路，为一泓滤身的清泉
仍庆幸，当我们抵达封闭已久的石臼漾时
她还是选择了悦纳——石臼漾南区的停车场上
蒿草疯长，2.7 亩的方塘，无人照影
告示：一级水源保护地，非工作人员严禁入内
绿色钢丝围栏占地为王
正午，饮酒过量的保安在门卫室内四仰八叉
当我推开隔窗，请求入园，他以熏天的酒气
与公文辞令厉声拒绝
在渴念与不服之间，我们沿着护栏找路
一段落叶铺就的隐蹊指向虚掩的栅栏
——这就是诗，前人求索的幽径，通向静谧
为此，我们不免要破坏纱织规则
潜入。石臼漾啊！石臼漾！石臼漾！

你的“小气候”与鄱阳湖湿地惊人类似
你是板块漂移的小故乡——走过一段荒路
三轮车侧歪，不远处的桥头躺着笤帚
和一个胖乎乎的妇人
她用斗笠盖住头，四肢舒尽指微屈
满园落叶不用扫，蛇莓与牵牛花在枯蝶上跳动
我为惊扰所羞、所困、所叹
蹑脚绕行，不惊昨夜的麻将梦

走过一片香樟林，步道上的裂纹舒展
我们在一方磐石上休憩，“吃”鸟鸣也吃点橙子
“青纱迎晖”如所见——
绿水迂回绕苇丛，我的渴望是一尾游弋的乌桕叶
迟日照在碧水上，翠绿的芦苇
根系发达，吸附鱼水养分的同时也在净化水
在无人观赏的角落野蛮生长，自成一岛
它们的生长见证贪婪，毕竟其美学原则
不能只是复制“桃花潭”的绿水
其疯狂只能见证——芦苇只是芦苇
历经秋霜，芦花飞雪会有时，它的反刍时刻
就在轮回之中

辱没与荣光共生，故事与事故相依，蓝天与碧水相宜
没有苇丛的海洋，枯木难成舟
在这缩小的故乡版图上，我目睹了奔涌的活水回归本身

（五）荡

从鄱阳湖畔迁居南湖边
从南湖边转至西南湖畔
从西南湖畔定居姚家荡畔
我的生活圈日渐缩小，可从一杯水里窥见江河秘史
夜灯闪烁，高架路的灯带变换形体
花圃的光彩被夜色没收
我懂得水边的生活智慧亟须融合
十年前，我亲眼目睹姚家荡的前身
——一片农田间的两口池塘
挖掘机直驱坝上，被抽干的两面镜子
夜色填满它，开发商的欲望扩张它
淤泥在涌动，在滋长，在臣服
十万只寒鸦聚在暮色里翻飞
不多时日，合二为一的姚家荡绿水悠游
忙于收割油菜的农夫，脱了雨靴，洗脚上岸

在四季如春的花草间终老

心安即是归处
灯火映在玻璃幕墙
我独自在水边行吟，妻儿睡在不远处的凌霄花架下
夜色淹没我，也淹没光
明日，太阳照耀我，又遮蔽我
想着我这半生的分裂、走出、融合、衰老……
流水早已写就劝慰之诗
那严密又开阔的字里行间
是日月
是张力
是汉语之光
是水上的铭文
……

地球在银河的怀抱中
陆地在海洋的怀抱中
我涉足的土地在长江黄河的怀抱中
大海大江大河经由小溪的勇进与平安祝福的牵引
而融汇

注定是飘忽的一生
在南风吹拂的孤岛上休眠
远帆留下告白书，文字如堆积的泥土与尸骨
曾在水脉中葆有永动的力与平静的汹涌
我思索过人类与星辰的关系
——它们的心豁亮而轻盈

2022.5.4 第一稿

2022.5.5 第二稿

2022.5.10 第三稿

作者简介

尤佑，本名刘传友，1983年秋生于江西都昌。中国作家协会会员，中国文艺评论家协会会员。作品见于《十月》《星星》《诗潮》《江南诗》《西湖》《草堂》《野草》等刊物，出版《莫妮卡与兰花》《归于书》《汉语容器》等诗文集。2019入选浙江省“新荷十家”，2021参加“十月诗会”。现居浙江嘉兴。

嘉兴经开区抒怀（组诗）

柳文龙

姚家荡荷影

坐在姚家荡边，放下了两条腿
也就放下了身后一顷碧波

围拢的鳑鲏，唧唧啜水
仿佛唤起你乳名，追逐着童年梦
随风而漂的波澜，为你吟唱、欢呼
荷花从未停止对沉默的——
绽开，索取水色中一份真情

注定一生绕不过这汪春水
怀抱风帆逆水行舟
自省、自爱，从未放弃坚守
闪亮的鱼鳞照透腑脏
飘起来——渡你过岸的翠柳

章氏古茶园

湖蓝颜色，我曾经的幻想地
味蕾品到蓝的精妙——
伟大如烹小鲜，入味即过往
甘于被雾气围得团团转
树冠上，还有治大国的小鸟？
从我头顶伸出美的枝叶
引导气候、季节、岸线
仿佛流水拍堤，又巧于退避风向
茶树抽出一缕缕霞光
因爱而触情的翩翩绿叶

像纸上推送的锦瑟年华
涉水轻放的一叶扁舟

斑斓植物园

沿着湿地的小路走下去
湖水从我眼前流动
芦苇荡像悬挂半空的毡毯

斑驳色彩，吐出芬芳的呼吸
古老的船桨划出一片芳华
远水与近火，吹拂心头的春天
微微泡沫挤破所有壁垒
春风，来得如此猝不及防
悄悄淹没归去幻影
舱板浮上温暖的人间

圆通古寺

想留住一点悲悯
你要用烛焰中铜钹、铃铎
和牛皮鼓捶击，唤醒它
你要抽去悬空飘扬的经幡
用了断的冤冤相报，旷世之恋
你要白费一只鸟的口舌
用大雪来澄清心中天空
你要一叩再叩，叩别人生低谷
用两行热泪感化、礼忏
你要不断悔过自新，不断颤栗
不断地痛心疾首和体无完肤

为自己起草一份大爱宣言
你要随那只鸟一起缄口
想留住这样的悲悯——
你要用一个寺名铭记它的幸福
你要用弘法来彰显它的善根

翠柳路

一路神行，顺着流泉走下去
柳叶怯怯地退到水中央
露出五彩，照亮整个湖面的
上空——在那里，草木虚化
发光的并不全是金子

柳絮的智慧偿还给了诸神
太阳复述光明与未来
现在，吹皱的湖水真的完美
光晕深处，一粒粒夺眶而出的
——花籽，从你的眼光里滚动
朗朗书声……如喉咙滚动的春雷
柳枝滚动风的形制

湿地的秋天

“活着，将自己逼成花蕊
随后有机会站起来绽放……”

我只是虚晃一下双手
草木簌簌，抖落霞光与浮尘
抿住胖头鱼大嘴、舒张欲望
长水塘涌起四季的轮回
花朵上，一簇秋意来袭
遍野——暗结珠胎的莲花
各有各的快乐，各抱各的情感
秋风吹起无限深情
透过简单的生活，哔叭作响
我抚触圆润、泛熟的莲藕时光
这长久陪伴着的平凡生活……

九月书

落在天上的余霞，和掉进

湖里的锦鲤，拉出浩荡水势
芦荻与水杉齐头冒出
农家乐一遍遍回放炊烟
女人们长发及腰，休闲的竹篮
打水——总打出一篮好空气
绿荷之“荷”念多了，唇色发亮
轻盈的腰肢如纤纤睡莲
隐没在绿波。湖光照见萤火虫
飞跃的腑脏——这多么透明之美
嘴细微翕动，湖水涌起涟漪

马家浜

等我的不是黄昏，不是河水
是你衍生的一颗颗生命露珠
追寻着苍茫与绿意

一起怀抱明月，结伴相行
倾听芦荻、野菰的呼唤
展现生存的本能——欲飞之影
石级，排列爱与被爱的星斗

连接天地，以披荆斩棘的手势
和一个跋涉者的忍耐
坐等蚌壳打开冬天……雪花纷披
你在拨弄那颗转世之珠
你的笑容是丹砂，是万古愁
是我难以拂去的万千杨柳

作者简介

柳文龙，男，诗人，浙江省作协会员，嘉兴市作协监事。在全国各类文学报刊杂志发表大量诗歌作品，一些诗作被翻译成英文，在国家、省诗歌比赛中获奖近二十次，获地方政府文学艺术奖六次。出版个人诗歌专集《观照》《新鸳鸯湖棹歌：一个人的南方》和散文诗集《米粒上的湖》《我心中的星辰大海》，中英文对照本《彼岸千年》，即将出版。

城南的月光（组诗）

查杰慧

题记：居于城南，尽得人间烟火诗意。遂以《城南的河》《长水塘》《居于运河边》《明月照见我》为题，记录月光下的足迹。

（一）城南的河

城南有一条河，在时间的波涛里
与山川大地一起浮沉
我掬一把沧浪之水醒目
读马家浜文化遗迹中的炊烟
读槜李之战中金属相击的铿锵
读落日铄金里飞翔的群鸟
读唐诗宋词里游吟的诗人
读月之光华、地之沉寂
城南有一条河，称之为水
是水承载舟行万里

是人撑着船贯穿着历史
是无数的人传唱着运河的歌
在斗转星移的人间延续了这条河

（二）长水塘

斜风细雨的夜晚，我们赤脚赶路
望见街巷之间昏黄的灯光
黑色苍穹边缘的星辰闪烁着
若千里之外妻儿的明眸
苦难在行走，云彩在眼前
脚下那草，浅黄着纯真
路边那花，摇曳得骇心、动人
云路三千里，在我的脚下

我不需抬头，知道远方还是远方
这是生活沁出来的一丝希望
最难走的路在脚下
最幸福的歌声在耳边
最遥远的希望就是停下来
最沉重的话便是临行嘱托

最深刻的沉默是依旧沉默
最伟大的坚持是坚持渺小

行走，在斜风细雨的夜晚
行走，在南来北往的人间
我是一名赤脚赶路的人
远方的火光，是催我回家的路
潺潺流水声是我浅斟低唱的歌

（三）居于运河边

居于水边，数着浪花枕河而眠
听吆喝，嘈杂里有着温存
船上一家人。向往居于高楼，
拾级而上望尽天涯路
两岸是灯，
湖面的光辉连接了星河
夜色真美

船行水上
日子在桨声灯影中

泊在岸，生活像一叶菩提
无法耽留。任船行夜间
灯光揉碎了拍岸的水声
一点萤光，黑色是异乡的孤独
静听内心

（四）明月照见我

运河的水，弯弯地流淌
一缕晚风、一片星光
城南的月光，弯弯地荡漾
步履徘徊、身姿悠荡

一路红尘，亦是流年
唯有运河水声拍岸
听见船桨声，是一声声叹词
两条路，左边的往南
右边的往北

航船是传说，也是故事
风流是你的想象

吃不下的苦，和流不尽的汗
积淀下大碗的米酒
还有行程里最粗犷的歌

运河边，一路向北
有着一路吆喝
岁月是一把枯白的芦苇花
虚悬着，月光照进现实
打开了一扇修炼的门

作者简介

查杰慧，男，汉族，南湖区作家协会副主席兼秘书长，中学高级教师，长期从事儿童阅读推广工作，主编教材《红船心少年梦》《我和周围的世界》，著有儿童文学作品《红船驶入少年梦》、散文集《十年》、诗集《银版的诗》《运河上的月光》。

长水素描（外一首）

邵洪海

长水素描

水从天边归来
每一滴里
光线通透

白云和蓝天
半白半蓝的天
半蓝半白的云

沿途的故事
红绿灯一样多
秦始皇舟过的长水
草书难觅

有谁还会关心

古诗里的雕胡米

划子船少了

水闲着，是要死去的

沿着铁路

看这条水的指引

长水长——

长过一个夏天

长过苍老的心和乌黑的发

长过历代王朝

荣耀的光

从马家浜而来

如果能看到

时间飞逝的玄秘

就明白

先人们为何孤注一掷

用石锛劈柴

把谷粒和无角菱
播种在光阴里

用骨针
缝补漏雨的天空
用全身的力
狩猎无数个夜晚的星星

也谈情说爱
也用芦荻写四季的情书
然后，就有了成群的马
和结对的我们

从马家浜而来
这片古老的土地
它播种着食物，也播种着
敬畏的心

作者简介

邵洪海，1979年出生，浙江省作协会员，入选“新荷计划”浙江省第三批青年作家人才库。曾获浙江省首届乡村诗歌大赛金奖、海峡两岸爱情诗大赛铜奖。作品散见于《诗刊》《诗江南》《中国诗人》《文学港》《青岛文学》等刊物，出版散文集《边缘》《泽国水记》《衣被江南》等。

马家浜遗址

灯灯

（一）

水鸟掠过芦苇丛，再飞上天际之时
翅膀里有来处，落日之下
祖先们在大地上劳作，开辟农田，种植水稻
他们的影子磨成薄薄的石片
他们烧制红色的陶器，是要告诉我们
我们的血液，是从太阳那里来
更是要告诉我们：

——我们，是光明的后代。

（二）

农作物拔节的声音
长成我们的母语。燕子低飞时

小桥刚刚抬头

——杭嘉湖平原还没有被命名
《诗经》还没有出现

但是美，美哦，美就像从未诞生过一样
美，就像我们的祖先
用竹、草、泥巴……
在天地间撑起一个家

（三）

在时间的深处，太阳和月亮
交换过信任，水一直在流
几千年了，水的反光
从太阳那里来，一直在给我们教诲：

在我还没有成为我以前
在我成为我以后

——几千年后，我站在这些重见光明的

家人们面前，我站在这片被诸神
祝福过的土地上

我的身份是：陶、石器、兵器和玉……

作者简介

灯灯，现居嘉兴。曾获《诗选刊》2006年度中国先锋诗歌奖、第四届叶红女性诗歌奖、第二届中国红高粱诗歌奖、第21届柔刚诗歌奖新人奖、第九届扬子江诗学奖、2017年获诗探索·人天华文青年诗人奖，并被遴选为2018—2019年度首都师范大学驻校诗人，参加诗刊社第28届青春诗会。出版个人诗集《我说嗯》，诗集《余音》入选中国青年出版社/小众书坊“中国好诗 第五季”。

故乡的早晨

江离

客车在黏稠的柏油公路上颠簸
这颠簸伴着
破旧的汽车随时会散架的哐啷声
组成单调而奇妙的摇篮曲

母亲带着我，在上空吐着鱼肚白的
小镇车站出发，两眼惺忪的旅客
零星的咳嗽，只有我毫无睡意
沉浸在出门的兴奋中

那永动机般的客车的哐啷声
在摇晃中经过了道路两边的稻花香
经过洪合机场、中山路
念想着五芳斋的粽子

我熟悉这里的每一个人

每一次醒来时黎明的街道
集市混合着鱼腥味的叫卖声
这一切都不复可见

只有日新月异的开发区，这改革的轻骑兵
穿透了早晨的薄雾
我感到我的一部分也随之失去
一种酸涩的怅然

我不能保留它们中的任何一样
除了记忆，就像老家院子里的那棵石榴树
土壤、阳光、雨水和风的记忆
保存在它每一个殷红晶莹的颗粒中

作者简介

江离，1978年生于浙江嘉兴，毕业于浙江大学，著有诗集《忍冬花的黄昏》《不确定的群山》，现居杭州。

月亮照着马家浜

——写在嘉兴经济技术开发区设立三十周年之际

米丁

（一）骨哨与骨耜

黄鹂飞过梓树的早晨
荇菜的金盏花开满水面
一群珠颈斑鸠在河滩觅食
它们咕咕啼唤。迎向晨曦的翅膀
绽露清灰色的欢愉——琥珀
凝固的时间啊，静候穿梭的人
叩问晶莹，聆听
日月之轮碾过的空旷之声

摇木铎，穿越诗经里的苍苍蒹葭
穿越良渚，玉琮饕餮环护的
圆孔。穿越崧泽，红陶腹部的
网纹细格，来到

马家浜的早晨，金盏花
的河边。寻找骨哨吹响的谣曲

光阴深锁，亦难喻文化层叠的幽邃
竹片插入考古深埋的缄默
毛刷拂去浮土。骨哨，是你遇到我
还是我邂逅，生命重拾的你？

玻璃展柜。展柜后
匿影另一柜子，框盛着虚拟
远方：土墩上，茅屋相挨
日出而作的人埋首翻地
他放下树皮捆扎的凿孔兽骨
怀里，掏出骨哨
——风吹树叶，鸟鸣婉转

纾解劳作困乏
诉说河流般绵长的思念
他是谁呢？

（二）石纺轮与杆栏建筑

马家浜往南五十里
一个叫北埭的小村。我倾听
一个八十七岁的老人回忆
家族模糊的迁徙史

“忘了是哪一代祖上，来时坐船
快到时，放一只碗
在河里，船跟后面
碗漂到哪，搁哪，船就在哪靠岸
就在哪，造屋”
她说，她是我伯母，生了三个儿子
两个女儿；叠几枚光绪通宝
做线锤，她常在油灯下捻棉絮
捻羊毛线

七千年前。阳光漏过坡顶
芦苇的罅缝，照亮屋内
木排架上铺垫的草席
屋内的女子手势一沉，用力

拧转。磨光的木棒抖动
石纺轮发出悦耳的嗖嗖声
马家浜野葛漫漫，便开始畅想
经纬起花的麻褐短衫

杭嘉湖河密如网。马家浜
盘盘绕绕，连向北埭浜
生儿育女，摇纱纺线
不同时期的两个江南女人，在河旁
屋内，拥有同样的生活

（三）高铁新城

高铁飞驰。臆想的原野晃过车窗
画面影叠：从杆栏建筑
到高铁新城，斜坡复合的屋顶
从天苍地黄，到楼宇连绵的
繁华闪耀。我起伏的心
紧紧抓住峭壁垂藤
若飘蓬，唯恐
坠落于无根之虚空——

匆匆乘客深陷溯源迷思
那一天，独自回到了金盏花的
早晨

马家浜，请以遥远骨哨的回音
赐我平静，安宁

（四）月亮与河浜

月亮照着马家浜
终于，时光乘客的起伏之心
和网坠一道，沉入浜底
菹草缠绕陶的质地
当它携遗忘的年轮归来
黑衣陶壶镂刻的三角，圆孔
赋予马家浜地名外的含义
河浜，也终成江南叙述锚定的源头

众水合塘汇，长水绕南北
京杭运河，日夜粼粼
摊开嘉兴经开区水脉丰盈的版图

马，家，浜。当轻轻念出你的名字
荒野见草低，熏风吹星辉
你是挂在弦月的秘钥啊
匮藏杭嘉湖云霓驻天的童年

撇开经开区的缤纷印象
从河底捞出网坠，角菱
记忆之手抚摸纺轮，石锛，骨耜
生产与创造，马家浜
光阴的序列，朴素，熠熠生辉
腰沿釜，陶豆，红烧土遗迹
美与生活，这片土地
其来有自的拔节，蓬勃如斯

作者简介

米丁，浙江海盐人，著有诗集《梦见香樟的自行车》，札记《潮声远落星月现》。

姚家荡，水云间

周西西

（一）

一万个春天齐聚姚家荡
春天在摇晃

湖光汹涌，漫过草地、花海
湖光沿着绿道散往更多的去处
湖光跃上树梢
经投大厦的脸上，一片波光粼粼

什么声音
在摇晃

（二）

晨曦初露，经开区的月光纷纷回到天上

白鹭衔着波浪形的歌声
飞过大半个湖面，另外一小半
在长水路高架桥的影子里
等待被日出唤醒：美被拉长、拓宽，美的面积
无限扩张
朝气蓬勃，从城南路和展新路
延伸
散发——

向南，向北，往东，往西
向未来

（三）

风吹得轻柔，而姚家荡
从未停止荡漾
湖水怀着彻底的蓝，清洗过路的外省的云

被洗过的云，像天鹅拍拍翅膀飞起来
天鹅出了姚家荡
天鹅出了嘉兴界

姚家荡，从来就是
那么重，那么轻盈

（四）

在经开区，姚家荡
是一份编制外的职业，像一个无所事事的人
吹着口哨，仰望天空
但内心有暗流涌动

八小时之内
它负责清澈、潋滟，波澜不惊
八小时之外
它为经开人减慢时光，柳暗花明

（五）

姚家荡的水，不会从水里跳上水面
只有鸟鸣落在湖面上
溅起浪花朵朵：它们
暗中弹奏的曲子，无形中高了半尺

（听——
歌声在摇晃）

但我质疑对“花”的定义：绽放与凋谢
从未用于透明的事物
谁的目光穿过表层，看到深处的水
在静默的流动中
紧紧攥住自己的骨头和名字

姚
家
荡

（六）

是什么，在人们的身体里
荡漾？

在树的根里，在花的蕊里，在石头里
在风里，在雨中，在阳光或月光下
在合资公司，在民族品牌的骄傲里

在工业园，在国际商务区
在停车场，在绿化带
在红绿灯下，在超市门口，在弄堂拐角处
在招商文件中，在财务报表里，在产品说明书的每一页
在电话里，在微信上，在邮件中
在满面笑容里，在精诚合作的握手里
在上下班途中，在去休闲聚会的路上
在这首不长不短的诗里……

是什么
在荡漾?

（七）

春天的封面
天空的反光

姚家荡有大气度，允许每个人
截取一片微澜起伏
带回家几声越飞越蓝的
天鹅的吟唱

作者简历

周西西，70后，浙江海盐人，浙江省作协会员。上世纪90年代初有过短暂的写作经历，96年停笔，为稻粱谋。2015年9月归来，诗作散见《诗刊》《诗歌月刊》《扬子江》《草堂》《江南诗》《延河》《边疆文学》等刊及选本，出版诗集《如风吹》。现居乡野庄柴湖畔。

故事就这样开始了（组诗）

白地

高铁南站

人们放下行李。那些不再崎岖的道路
也不再漫长。微风送来杯子和酒，
在欢庆的日子，将所有相见委托给高铁南站。
嘉兴，家的方向、朋友的方向、事物的方向、
爱情的方向。还有很多我们未知的方向。
将夏日的蛰伏隐藏得很好的方向。

人们通过白色的车厢。伫立的人群
形形色色。那个接过男子双肩背包的男孩
脸上充满稚气，又充满成熟的豆子——
你不知道他们的关系，只能看见
那个灰色的背包里有外地的零食，还有
山峰一样的温良，它呈圆弧形，很柔软。

马家浜博物馆

新石器时代的特征：骨器
经过六七千年建造天上的太阳，同时
打造古铜色的时钟。他们紧紧握着月亮
在蓝色的夜晚，迟迟不肯放手。
那些手从远古的蛮荒里缓缓伸出。
他们取出斧钺，守护俯卧的灵魂。

枫杨和麻栎抽出果实。它们见证了文明。
在河流一样的解读中，碎片的云集
达成了流线的规约、符号，清晰的和
永恒的关系。博物馆。陶赭色的聚落里
一对母女正站在沉默的背景中，她们
抬头寻觅着白色的万物的和解。

中央公园

终于有地方了，可以停留鸟雀的翅膀。
我们看见自画像。夕阳最后的光芒
渐渐分娩出植物、树、草和花朵。

夏季，大雨从楼群中转弯，经过
人们暂且宁静的内心，落在餐垫上，
将果汁清洗了，并且移去了躲闪的帽子。

此时不需要伞。湖泊让出了眼泪。
绿色的一切维持了城市的躁动。
长条椅平衡了人类的关系。
绿道相信了琴声与舞蹈。太阳上升的时候
漫长的鸟群穿越墙和归宿，佩戴着
夜露一样的滋润，与亲昵的注释。

塘汇·李家祠堂

从角里街转弯。到李家祠堂。
从一场虚无，到另一场虚无。
从一次真实的祭拜，到第二次。
仰甘亭与一棵香樟树，一个人与一盏茶。
好像一场雾，一场雨，一次闪电。
好像返家，以及春回，以及秋归。

李氏，祖居。微风垂落的地方都有光芒。

向往，天幕中庄严的身影
带着慈祥与红色的笑容，于塘汇的流水中
画出金色的图案。时间涌向天角
每一棵芦苇都被悉心守护。迎风而立的灯芯
花环一样灿烂。这随想的命运。

植物园

很久没去那片树林。那些分叉的路，
摆开的树根，落在地上的鱼一样的叶子，
时时叫唤着我的鸟儿。很多次被我举起的
光线，在树林寂静的呼吸中
慢慢中断，然后又升起明亮的烟火，
等到夜里，星星睡了，它重新闪烁不定。

那些梦境里的月季
开了又蔫了，蔫了又开了。花瓣上
站立了白色的蝴蝶，花瓣像海的岛屿
齐着我的肩头。被翅膀挡住的那一部分
一个个自由得早晨潮汐似的浮现。
我们的故事就这样开始了。

2022.6.2

作者简介

白地，本名马连芬，1976年生，浙江海盐人。作品发表于《诗刊》《诗歌月刊》《十月》《星星》《江南》等刊物，入选多种选本 。主要作品有诗集《温暖的冰》《物质生活》《走来的春天》。

穆湖三题

熊芬兰

（一）

每个人的故乡
都有一株蓟在村头站岗
它用尖利的刺和紫色的花武装自己
与冗长的时光对抗

为了逃避故乡这个词
我们跋涉千里
一棵漫不经心开着俗滥花朵的蓟
轻易把我们捕获

我们为它拍一千张照片
我们为它画一千幅画
我们为它写一千首诗

我们蚂蚁般潦草地辗转迁徙
偶尔走近一棵开花的蓟
却从未真的走近故乡

（二）

天空铺开白色宣纸的长卷
皴上舒展的赭红色圆点
三颗，六颗，九颗
蓝嘴鹊叼走一粒浓郁的柿子
最匹配的灵魂
连色调都必须旗鼓相当

（三）

萨克斯的乐音从老人手里流淌出来
金色的簧片在指尖跳舞
“望春风”是深情
“Yumeji’s Theme”是缠绵
西天慷慨地撒落最后一篓
浑圆的碎金子

霞光镶嵌着老人墨黑的剪影

一个孩子站在湖边伸长手臂
用力地捧住落日
不让它掉下去

作者简介

熊芬兰，1981年生，湖北汉川人，毕业于武汉大学，嘉兴学院教师，浙江省第七批文学新荷。出版散文集《爱那么短遗忘那么长：33位西方文学艺术家的才与情》、译著《忏悔录：卢梭自传》等。

长纤塘

陈泉

（一）

时间的支流经过太平桥
被过滤掉血腥
兵器在阡陌中生锈
百舸运走食粮

当人们说起大运河的辉煌
我羞赧成一只碗的形状
作为帝国的一小段血管，我有幸
与张祜、杜牧一起瓜分江南的黄昏

我看见九世纪的数万个表情
纤夫、客商与远嫁的绣娘……
那些被历史遗忘的脸

沉淀在河底为沙，由我保存
我重新排列倒影的繁星
收拾一小块晚唐史

（二）

冬瓜堰，冬瓜堰
故国的云在三千里外
停栖在小普陀寺的白鹭
也曾回想起它的前世吗？

作为会昌的最后一个诗人
我和这个王朝都已经太老
我一生都在最小的河里钓鳌
今夜用江南的新月垂钓至天明

冬瓜堰，冬瓜堰
明天我们将相向而行
你流向千年后的繁华市镇

我流向九百卷全唐诗

而那时我早已葬在了扬州
隋亡与你我无关

（三）

在1923年的台风到来之前
人世间早已几度泛滥
我和这个时代一样对煤过敏
驳船运送蚕茧，也运送泪水

芦苇发出衰败的味道
野芍药是唯一美丽的鬼
我清洗颠沛流离的骨头和泥
忧伤使我无法在冬天结冰

如果雨水可以倒流
我将在云端消失于无形
为众生证一粒菩提

从而报答那些勤劳的手
摘走藕的同时

也摘走我内心的干涸

（四）

生于 1904，
世纪和我一样新鲜
我们一起领受了
丰饶的苦难

百年后你落幕，
留下巨大的沉默
我衰老死去，
像家乡的小河一样瘦

我的祖先也曾新鲜过
在另外的一些世纪
在一条小河边来来回回

我在 1923 年看过这条河
那时并不知道我身体里的激流
最终将和它合流为一

作者简介

陈泉，1982年生，文学博士，嘉兴学院中文系教师。作品发表于《诗选刊》《诗林》《星星》诗刊等刊物。曾获第六届“未名诗歌奖”和第三届“在南方诗歌奖”。入选浙江省第八批“新荷计划”青年作家人才库。

蔬彩园（外一首）

沈志宏

蔬彩园

清脆的朝天辣椒
向着天空呼朋引伴
而憨实的土豆兄弟
翻个身继续在梦里生长
那轻轻的蚕豆花瓣
在风里迷惑着蝴蝶与蜜蜂
还有攀爬在篱笆上的一绺绺藤蔓
向着过往的白鹭招呼……

再深入些，打开肥硕的番茄
点燃成熟的浆液
像一场蓄积已久的雨一样
让充沛的愉悦从头顶流向脚趾
与泥土握手言欢

蔬彩园，天地间硕大的调色盘
城市中的伊甸园
这片彩绘的土地饱满
绿与黄、红与白不只是醒目的色彩
而是安放家园的最初梦想
我愿意
躺在辽阔的季节里
与有情有义的菜蔬们一起
嬉戏、行走、做梦
学会像爱护它们那样爱护自己

长纤塘

这是水，洗涤了岁月沧桑
这是记忆，由一颗颗硕大的汗珠汇成

天刚刚亮，塘上的纤夫就要背着船只启程
就算身后是落日
也只能默默弯下脊背
一步挨着一步，走向归宿

曾经的辛劳，已留存在记忆中
如今河水清清，是悠闲的散步
是月下的呢喃
即使有怒卷的风雨
也无须焦虑与彷徨

是的，长纤塘你是江南的一方洁白的绸帕
装饰着天地人生的梦
和乐安宁，开始最明亮的一段光阴

作者简介

沈志宏，嘉兴市作协会员，现任职于浙江省桐乡市高级中学。于《青年文学》《中国财经报》《钱江晚报》《青年时报》《嘉兴日报》《南湖晚报》等报刊上发表散文、诗歌、评论百余篇（首），入选《江南风度：21 世纪杭嘉湖诗选》等多种选本。

散文一辑　思接古今

前往马家浜的路那么远

王加兵

前往马家浜的路那么远，远在七千年前。

人们从环城高架向城南汇聚。沿途有长水一样漫长的光阴，无人知晓该停靠在新区的哪一年。大家渴望一场跨越千年的遇见，清浅的河浜，摇船的先人，还有一片稻花香透的土地。

城南，总是向阳。那里有一扇通古达今的日光之门。门，这边照耀稻作滋养的禾城，那边闪烁石器碰撞的光芒。光，霞光，火光，江南文明之光。我试图推门而入，而门扉紧闭。旧时的门闩向内，唯有自内而外的力量，才足以打开紧锁的门扉，抵达久远的从前。距离的远近，不在空间，在人的心间。

地下住着做梦的先人，地上走着劳作的我们。骑上马家浜的马，跃河浜，穿城门，贴着深蓝的天和泥黑的土，从城南到嘉北，从长水到塘汇，沿着二十四节气，奔向不动声色的明月千秋。

我看见，马家浜从春天来。

1959 年，禾城春早。出走七千年的马家浜，拨开迷雾，自乳白的炊烟里醒来。村庄低矮，田地敞着胸怀，千真万确，这依然是那片野蛮生长的原野。

七千年不长，宁绍平原的先民翻越涌动的钱江潮，触碰了太湖流域水漾的温柔。七千年只是瞬间，披荆斩棘，披星戴月，拓荒的马家浜人架起干栏，撩拨烟熏火燎的人间生活。

“回家来，太阳下山，豺狼已出发。”天幕四合，老祖母掩上圈舍的柴门，数着天上隐约的几盏星灯，发出最后一道号令，夜，归于寂静；旷野上鸣虫低吟，鸟兽潜伏，夜，高高在上。人间没有牛郎织女，也没有立志苦读。夜的诱惑浓缩在梦里，一梦足够千年。星星和月亮滴答作响，时间，是人世亘古不变的宣言。

鹿在林间呦呦鸣叫，雁自苇荡嘎嘎起飞。北上是雁的宿命，谁都难免在自己的生命轨迹上来回奔袭。圈舍里，饥饿的黄毛猪蠢蠢欲动。晨光透过林梢，人家的屋顶草黄。暖了人间，亮了春光。

男人们在丛林追逐，去沼泽猎捕。野猪，野牛，野鹿，野鸡，野鸭。人在野外，万物皆是野物。男人们建造宽敞通透的屋舍，圆柱支撑，榫卯拼接，架上高挑的屋梁，铺盖厚实的茅草。遮风挡雨，生儿育女，从此他们有了家和家人。闲时，教孩子吹骨哨，学鸟叫，咕，啾，嘘，唧灵。灰喜鹊，灰斑鸠，鹡鸰鸟，黑乌鸫，人与鸟雀是异姓的邻居，大家共享一片黑土地，共度千年好时光。空时，摆弄陶壶盆罐，异想天开要做艺术家。点纹，绳纹，篮纹。浅盘，宽沿，高圈足。这叫盉，那叫豆，宽边的叫腰沿釜。美的器物，是男人献给家庭煮妇爱的礼物。

女人们围着土灶，翻新美食花样。晶莹的籼稻米可以熬制黏稠的粥饭，饱满多汁的野果可以做拼盘。河浜里还有轻柔滑嫩的荇菜、碧绿高挑的水芹、青青白白的菱角。老祖母有个不成文的规矩，早晚不许动荤，男娃们油水太多，胖了再也撵不上野鹿。马家浜炊烟弥散，安静祥和，这是人间值得的样子。

后来的后来，老祖母倒在月圆之夜。明月澄澈，天地慈悲。儿孙们用最大的豆盛满，用最宽的釜捧上，用最高的鼎敬献，送祖母去河浜青树簇拥的高地。

后代的后代，有人选择坚守，黑土地，小河浜，直至春天与草木一道醒来。有人选择架起独木舟，逆流而上，前往太阳升起的东方，崧泽，草鞋山，圩墩……

2019 年深秋，水色，稻色，草色，土黄的秋色在乡野晕染叠加。节气交替，时月轮转，筚路蓝缕的马家浜人终于有了安稳如山的“家”。

秋色霞光，天地柔和。人如潮水，涌至马家浜人的“家”门。

博物馆，这是马家浜人永久的家。六边形，陶红色，一如史前粗犷素朴的模样。俯身，向下，像是黑土地孕育出来的新生命。茅屋，圈舍，稻田，河浜；骨针，石斧，陶豆，人首陶瓶，三足鸟形盉。这是釜，那是鼎，破釜沉舟的釜，问鼎中原的鼎。这是粳稻，与乡村姆妈田里种的品种一样。成人立足在那几具俯身而葬的骸骨面前，感慨死生的神秘。孩子喜欢玻璃展柜里那张小小的脸。双圈大眼，隆鼻大嘴，放声呐喊。那是“兽面器”，原始的神人兽面陶器。生与死亡，一个在时间这头，一个在光阴那边。

田野之上，霞光照彻。稻田，稻谷，稻浪，那是一件拂动的金色披风，散发土地的光泽。孩子们晃动发辫，马鬃一样闪耀生命的愉悦。他们不知稻和米的关系，只看见水稻比花壮丽，晚霞煮熟了稻米。

村庄，村民，连同这片土地上的草木虫鱼，都因马家浜遗址公园的建立而沾染了江南文化的气息。农耕文化，渔猎文化，石器文化，玉石文化。稻禾抽穗，稻穗扬花，稻谷碾米，米饭养身。匆匆走过千年，回首，我们走过的皆是历史。纵使山河千古，禾城这座因禾而生的城池不变。七千年前的土地，七千年后的物种。地表是辛丑年动物们欢喜的印记，地下是庚子年、己亥年、戊戌年，植物们的落叶与根须。一年又一年，一层又一层，重复叠加，风雨无阻。

慕名来了许多拍客。蜂蝶为花而来，拍客为马家浜图腾柱下的夕阳芒草而来。芒，佩兰，海棠，红蓼，芦荻，构树，万寿菊，马缨丹，一枝黄花……有些是原著民，有些是新居民。而河浜边有几株，我不认识，“形色”软件也说不认识。原野之广，天地之大，万物生来不是为了让人认识的。这是野生的草，未经人工选择修饰，几千年定居在这里的草。人美，美不过草木；城美，美不过山河；美，不是谁都可以发明创造，离开土地已久的城居者猛地抬头，久违的大美在天地之间。

一觉七千年，那梦里得错过多少江湖恩怨和风花雪月。错过槜李之战，错过孙吴帝业，错过衣冠南渡，错过建党伟业，错过分烟话雨。但，错过又何妨，马家浜人的梦里本就没有刀光剑影。土色的马家浜，稻色的马家浜，七千年后重整家园，这里已是水色的江南，浓墨重彩的深秋。

遗址公园上凸起一座穹窿形玻璃建筑。这扎根泥土，挺身而出的圆球，仿佛醒来的眼睛，我姑且称呼它为“大地之眼”。一眼千年，一眼繁芜。见千古，见未来。

不远处，新区的高楼绵延而来。土地负责生长，城市专职繁荣。

生产，生活，生态，众生生生不息。城南，嘉北，塘汇，长水水长流。亦清静，亦热闹；亦低调，亦高调。这，皆是重获新生的土地上拔地而起的格调。

水利万物而不争，土养苍生而不语。禾城风物，渊薮于此。

从马家浜出发，下一站，健康食品小镇、国际金融广场、智慧产业园、先进制造基地、高铁新城。高铁，形如一条条游走的白龙，在辽阔的嘉禾大地，加速疾驰。新城，三十年苦心浇注，一座城赫然在目。加速，嘉速，接轨大上海，融入长三角，面向全世界，这是嘉兴经济开发区的时代使命。江南，水乡，古老文明与现代文化，运河古城与国际风尚，如水一般，汇聚交融，成其源远流长通江达海的宽广气魄。

共赴万里山河，不负千秋热爱。前往马家浜的路很远，三十年，只是漫长征途的起点。为者常成，行者常至。圆规终得一生圆满，因为脚在行走，而初心不变。

作者简介

王加兵，浙江省作协会员，出版有散文集《襄河》《风在摇它的叶子》《南湖四时生活手记》三部。

马家浜有诗意

费志民

去年国庆节前，家住湖州的同学柳来电，打算来嘉兴“采风游”，嘱我准备好攻略。我没多想，推介的第一站是马家浜遗址公园。

“你说的就是那个新石器文化遗址吧！”听得出来，柳很有兴致。

“嗯嗯，你可以来感受一下，那里不光有历史，还不乏诗意呢！”大学时代，我和柳是“三原色”诗社的诗友。

挂了电话，我从电脑里找出一张一年前拍的马家浜遗址现场照片，给柳发了过去。

马家浜遗址公园，位于嘉兴经济技术开发区内。六十多年前的一九五九年初春，嘉兴西南郊马家浜村民无意间刨出的一堆堆骨骼和陶片，唤醒了一个沉睡七千年的史前记忆。后来，以马家浜为代表的新石器时代人类文明被命名为马家浜文化，马家浜遗址列入全国重点文物保护单位，被誉为“江南文化之源”。在经开区近年的强势推进和精心建设下，二〇二一年六月，嘉兴市“百年百项”重大工程之一的马家浜遗址公园惊艳亮相（其中马家浜文化博物馆于二〇二〇年五月先行建成开放）。总面积二十三公顷，集博物馆区、遗址发掘现场展示区和文化休闲服务区等功能区为一体的马家浜遗址公园，成了嘉兴新的文化地标和市民追昔抚今、休闲漫步的乐园。

得地利之便，我是马家浜的常客。而第一次让我萌动诗意感的，是一年前只身深入遗址保护区的探寻经历。

那是一个深秋的傍晚，我开车由海宁回嘉兴，当看到万国路上一块写有“马家浜遗址”的棕色旅游景点标志牌时，忽然萌生了进去一探究竟的念头。

彼时，马家浜文化博物馆已开放数月，但包括遗址区在内的整个遗址公园仍在紧锣密鼓的建设中，偌大的遗址区四周被一张金属网围挡起来，游人无法入内。我在博物馆西侧隔着围栏远眺，只见夕阳下的遗址空旷而静谧，起伏的地表荒草衰败，灌木丛生，芦花摇曳，不时还有飞鸟出没。我很享受这种混沌、荒凉的莽原氛围，它传递出的“蒹葭苍苍，白露为霜”的肃杀之美，以及“淹没了黄尘古道，荒芜了烽火边城”的历史意境，光影和画面感强烈，富于诗意。我用随身携带的相机拍了一组照片，尤其喜欢那张发给柳的全景照。

好想近距离触摸这片遗址！在工地门卫师傅的指点下，我在博物馆东北角发现围栏上有个小口子，便蹑手蹑脚钻入里面齐腰深的草丛，穿过一块长满枯黄大豆的菜地，终于看到了一条东西向的土路。这样的土路，仅存在于记忆里，现已无处寻觅。仅半米来宽的路面坑坑洼洼，随着起伏的地表蜿蜒延伸，刚好与淡淡的落日在天际线相接。满目黛色中，唯有土路反射出些许灰白，就像残阳留下的土布飘带似的。我想，这条路或许本就是几千年来自然形成的，如同一条时间线，记录着先人生活的足迹。返回时，太阳正慢慢沉入地平线，四野一片寂静，偶有农人在菜地间悄无声息地劳作，就像先人们在出演一部默片。忽然，一名男子骑着电动车从我身边驶过，扬起的灰白尘土弥散在暮霭里。随着引擎声远去，一切重归宁静，只有野草和芦苇在晚风中发出吟诵般的窸窣声。

回到方才经过的菜地，我找个空隙坐了下来。这块菜地是个高土墩，这种大小不一、高低不等的土墩，原先在江南农村很常见，是男孩子们嬉戏的好场所。长大后我得知，这些或叫“墩”或称“山”的土墩多为人工堆垒而成，其中不少还是墓葬、祭台、烽燧等古文化遗存。这片土墩下，说不定也埋藏着不少先人的秘密，等待我们去探究。

坐在静静的土墩，俯视苍茫的遗址，我仿佛穿越回七千年前，谛听着一首来自远古的诗。

与柳约定的日子到了。国庆假日的一个午后，我与妻子兴冲冲地驱车前往十公里外的马家浜遗址公园。

遗址公园不久前整体开放后，我还是第一次过来。趁着等候的工夫，我又来到曾远眺遗址的博物馆西侧。如今，博物馆区与遗址区、休闲区已连成一片、融为一体，这个季节里，处处芳草如茵、花团锦簇，更像是一座植物园，再也找不到那时的苍凉感。占据视野大部分的是成片的稻田，精心栽培的稻子挺拔繁茂，已灌浆结实的稻穗在秋阳下低垂着头，微风吹过，摇曳生姿。反差实在太大了！我自言自语着，说不上是失落还是欣喜。

不到半小时，柳也到了，同车的还有他的太太和十来岁的女儿。在云淡风轻的天空和暖暖秋阳下稻田的吸引下，大家顾不上多寒暄，轻快地往遗址区逛去。

"'种田嘉'果然名不虚传，居然能把再普通不过的稻田做成主打景观！"柳开起了玩笑。

我会意地笑答："舌尖上的中国总也少不了你们'养鱼湖'哦！"

也不知哪年起，嘉兴、湖州这对同胞兄弟分别得了个"种田嘉"和"养鱼湖"的雅号，虽系网络调侃之语，但也侧面印证了嘉兴稻作文化和湖州河鲜美食的悠久。伴着轻松的笑声，我跟柳聊起了水稻的话题。

不久前曾读到著名作家夏坚勇一篇述说嘉兴的散文，其中最启发我的一句话是“一座城市的别称就是她过去的背影”。我生活着的这座江南古城，千百年来名字更迭、别称众多，其中用得最多、最久的字是“禾”，禾兴、嘉禾、禾城都带了这个“禾”字。在我的语境里，“禾”专指水稻，而不是麦子、高粱等其他谷类植物。三国时，吴大帝孙权以野稻自生、天降祥瑞而改由拳为禾兴，首次为这片土地贴上了稻作文化的“原产地”标识。到中晚唐，嘉兴更因大规模屯田而成为全国重要的稻米产区，李翰所撰《嘉兴屯田纪绩颂并序》中的“嘉禾一穰，江淮为之康，嘉禾一歉，江淮为之俭”广为传诵。当代嘉兴人对“禾”更存执念，几座大型城雕的主题都是稻谷，就连高架快速路立柱上也耸立着一个个顶天立地的“禾”字。禾，刻在嘉兴过去的背影里，也是当下地域文化和精神的象征。

说到底，“种田嘉”也好，“禾”也罢，皆缘起于马家浜这一久远的背影，马家浜文化的重要内容就是人工栽培水稻的稻作文化。我在嘉兴农村长大，对绿油油的秧苗和金灿灿的稻谷有着天然的亲近感。马家浜文化博物馆陈列的众多文物，最吸引我的不是石锛石斧和玉璧玉琮，而是那些在他人眼里不怎么起眼的稻谷遗存、稻田遗迹，以及以稻谷为原料制作的所谓夹炭陶器。

“这稻作文化除了历史和科学，也有诗意？”柳忽地停下脚步，打断了我王婆卖瓜式的长篇大论。

“太有啦！”我意犹未尽，指了指前方的稻田，“你看！”

柳的女儿许是从未见过这么大片又漂亮的稻田，尖叫着在软软的田塍上奔跑起来，一袭藕色小纱裙随风飘舞，两位穿着高跟鞋的太太则摇晃着脚步紧随其后。在暖阳逆光的映照和金色稻田的衬托下，一幅“禾”风温润的画卷呈现在我们眼前！

是啊！金色的稻田，正是这个季节马家浜最应景的色彩，是画，更是诗。

从遗址区归来，我们进入了遗址公园重要组成部分的博物馆。这座赭红色墙体和六边形布局的博物馆位于遗址区东侧，其设计巧妙结合了马家浜原始聚落元素和江南院落格局，神似七千年前先民生活的村落。博物馆开放后，我来过多次，印象最深的是最西边朝向遗址区方向的那面宽阔明亮的全景玻璃视窗。这里既是博物馆的终点，又像是引导人们走向遗址区的起点。妻子带客人细细参观，我来到视窗前小憩，窗外，沐浴在秋阳下的稻田、村落、图腾柱，以及那座蚕茧造型的遗址保护大棚尽收眼底，遗址全貌一览无遗，如同一幅艳丽而柔润的水粉风景画，让人心旷人怡。

柳的女儿定是在室外玩累了，也许还不太理解和喜欢馆内的展陈，这时也走到我旁边坐了下来。

“你叫什么名字啊？”我问小姑娘。

“姝。”她边回答，边用手指在小桌的玻璃台面上比画。

我默默点头，若有所思：“你知道这个名字的含义吗？”

“美好呗！”小姑娘不假思索地回答道。

“那爸爸妈妈为什么给你起这个名字呢？”

姝笑而不答，也许是觉得我问得太多，明知故问，她转而走到视窗前，贴着玻璃，默默看着方才奔跑嬉戏的稻田。

“静女其姝，俟我于城隅。”望着视窗前姝的剪影，我脑海里浮现出《诗经·静女》中的诗句。马家浜，这位生活在嘉兴城隅的娴雅、美丽静女，此刻正披着温暖的秋阳，穿越金色的稻田，在古朴村落间的小路上款款前行。

作者简介

费志民，男，1963年6月生，浙江海宁人，系嘉兴市中级人民法院工作人员、嘉兴市作家协会会员。多年坚持业余文艺写作，兼习摄影。近年主要以生活、文旅为题材撰写叙事和人物散文，拍摄人文及风光照片，已在全国各地媒体发表作品数十篇（帧）。

稻作文化的印记

费国平

可以这么说：我们每个人心中都有一个时隐时现的念想，“我到底从哪里来的?”为了揭开这个谜团，我在阳春三月的某一天，驱车来到了嘉兴人的发源地——马家浜，想在此找到答案。

从桐乡出发，走320国道，过了嘉兴机场那片绿荫后向右拐，就到了马家浜遗址所在地——嘉兴南湖区城南街道马家浜村，公路口就是马家浜文化博物馆。停好车下来，映入眼帘的是一座六边形状的博物馆，跟七千年前，先民住过的村落布局差不多。马家浜遗址是一个聚落遗址的演变，以前古代的先民，他们聚居的时候，中间有个广场，四周有些村落，那么就是根据这样一个形状，慢慢演变成六角形，博物馆的造型实际上就是一个聚落遗址的空间布局。

最为引人注目的是博物馆的颜色全部采用暗红色。这种颜色，跟先民用过的陶器颜色比较接近。陶器是黑陶和桃红色，取这个暗红色，给人感觉，还是有一点，比较愉快温暖的感觉。

马家浜文化博物馆共分三部分，一是马家浜文化博物馆，二是文化休闲服务区，三是考古现场发掘展示区。只可惜，由于博物馆布展没有完成，不能进馆细细观看。我只得绕着博物馆、隔着玻璃窗，观其型、窥其貌、读其记、猜其奇……

绕过博物馆的后墙，倚栏眺望不远处那片古老而又神奇的沃土。那片绿色似乎有着神奇的召唤了，吸引着我迈步进入这个历史文化的空间。

阳春的日头暖洋洋地照耀着马家浜这个小浜兜，浜里的水很浅，那些小蝌蚪晃着黑色的大脑袋漫无目的寻找着妈妈。那些青蛙妈妈却躲在浜岸的草丛中有一搭没一搭地叫唤着，给孩子们一丝丝的希望，却又不出现在孩子们面前。我想，这也是青蛙妈妈特殊的教育方法吧！

整个田野除了安静就是安静。唯有那伫立在空旷的田野上的一排树桩，紧紧地盯着这些小蝌蚪，盼望着他们的蜕变，走上岸滩，成为真正的青蛙。很奇特，每一个树桩都朝着东南，每一个树桩的表情各不相同。有的期盼，有的等待；有的向上，有的朝下；有的眯着笑眼，有的睁着好奇……

脚下这片土地，在江南是随处可见。春天的绿油油的麦子、开黄花的油菜；夏天饱满的麦穗撑破了衣服，露出可爱圆鼓鼓的小肚皮，油菜籽已经呆不住了，打开荚子，瞪着乌黑的小眼珠往外蹦；秋天的稻谷一片金黄，像是给马家浜铺上了一块偌大的地毯，庆祝秋天的好收成；冬天的麦粒躺在白雪下睡着懒觉，盘算着来年的一切美好……

田里的庄稼年复一年地更替播种、收割，农人们一季又一季地在田里劳作。田坊被一次又一次地翻垦，田埂一次又一次地修筑，田沟一次又一次地深挖……就是这样，土地被开垦得越来越肥沃；就是这样，种子被改造得越来越优良。

田野里的沟渠特别多，水以地势而流。于是高处为地，低处为田。沟渠上游有大树，保持水土，涵养根须；沟渠中游有果树，桃李满枝头；沟渠下游有野花，间隔在庄稼地里，点缀着生活。沟渠末端是个池塘，塘中有菱无角，圆润光滑，鱼儿在塘中嬉戏纳荫。春雨多，水走渠到塘中。塘水满，鱼儿游出塘。鱼儿被菜花迷得忘了回家路，守候在渠边的孩童们开心地在菜花地里抓菜花鱼。鱼儿跑，孩童追，一阵阵欢笑声划破天际。

脚下这片土地，在江南又是与众不同。因为在田埂的沃土下，珍藏着历史文化的秘密。马家浜文化遗址出土的文物十分丰富，出土了大量完整或可复原的石、骨、木陶器物，其中石器包括石斧、石锛、石纺轮等，陶器有釜、盆、盘、钵、豆、鼎、碗、壶、纺轮等，骨器中有骨耜、骨哨。

马家浜的陶器独具特色。这里出土的早期陶器以灰黑陶和灰红陶为主，陶器成形基本采用手制。器表多素面或磨光，纹饰较少，主要纹饰有弦纹、绳纹、划纺、附加堆纹及镂孔等，器型以釜为主。中期出土的陶器以夹砂红褐陶为主，仍有一定数量的灰黑陶和灰红陶，以素面的为多，绳纹基本消失，器型仍以釜为主。晚期的陶器以夹砂红陶和泥质红衣陶为主，主要器型是釜、鼎、豆。陶器的出土，不仅说明着马家浜人生活的富足和对美的追求，更能证明马家浜人生产力的高超。

再看那，静卧在博物馆中的生产工具。石器大多是磨制平整，并普遍使用了管钻法的钻孔技术。对石刀的使用，马家浜人也远比河姆渡人先进。马家浜文化遗址出土了完整的木桨，同时还出土了形体硕大的木橹，说明马家浜人已能驾驭大型水上交通工具。

人生两件事，吃和穿。马家浜人对吃和穿都做得很精致。马家浜文化遗址不仅有相当多的稻谷遗存，更重要的是在这里还发现了水稻田。这代表着太湖地区耜耕农业的出现，以马家浜文化为最早，较河姆渡遗址发现稻谷的年代还要略早一些。当马家浜人用陶罐煮出第一釜稻米饭时，是全村男女老少满足的眼神；当稻米饭香飘荡在村落上空时，是召唤在外的男人们回家的呼声。

马家浜地区也是最早的织物标本发现地。专家考证后认为是马家浜人用于纺织的工具。因纺织品是有机物，要保存六七千年非常困难，但在一些马家浜文化遗址出土了纺织品实物，有力地证明了马家浜人已经掌握了纺织技术，穿上了衣服。草鞋山遗址出土的三块炭化了的纺织品残片，说明了马家浜人编织工艺已经具有了相当的水平。这三块纺织品残片是迄今为止我国所发现的最早的织物标本之一。每逢节日，男女老少穿着花衣在篝火旁载歌载舞。

马家浜文化代表着长江下游、太湖地区新石器时代的文化，是中华民族古老文化的重要组成部分，距今历史在 7180 年左右。难怪武侠小说家金庸留下“江南文化之源”这样的赞誉。这个荣誉不是吹的，而是马家浜人努力拼搏与创新的结果。

当春花烂漫之时，周围的嘉兴人总会来这里追寻先辈的足迹。也许是马家浜的春风太大，她的时尚之风吹遍了整个江南。一不小心，马家浜文化的发展成了长江下游、太湖地区新石器时代文化的代表，成了中华民族古老文化的重要组成部分。这份荣耀成了嘉兴人的骄傲，点燃了嘉兴人内心的激情。

马家浜文化博物馆对面就是马家浜健康食品特色小镇，这是稻野寻根，是从古代、近代至现代社会发展的见证。

我注视着这些历经千年风雨洗礼、依然默默静卧的马家浜遗址，耳旁似乎传来先辈们在田野里劳作的号子，看到稻田里结出粒粒饱满的谷子……遗址无言，可此时此刻，我却分明感受到了一种智慧、力量和精神。

马家浜遗址是古代嘉禾（嘉兴）先人留下的脚印，我们将踏着他们的足迹走向明天——历史就是这样一截一截地延续，文化也是这样一代一代地传承。

春日余晖，洋洋洒洒，灿烂无比。回望那几根矗立在绿色田野里的柱子，它们代表着江南稻作文化的印记，在马家浜这片平常而又特殊的土地上熠熠生辉。

作者简介

费国平，任教于桐乡市求是实验中学，高级教师，嘉兴市作协会员。

遥远的对话　绝版的地标

——从马家浜文化遗址到嘉兴国际金融广场

张莉

我听闻，你来自远古，你的名字赫然在目——“马家浜文化遗址”。稻禾飞黄的水乡清晨，轻轻地，你行走在江南文化的源头。一剪秋水填满了你的心田，转身之间，你将用七千年的光阴谱写极具韵笔的文篇。

我看见，你来自现代，你的名字如雷贯耳——“嘉兴国际金融广场”。在南湖大道的西隅，一幢幢高楼拔地而起，长三角区域性金融 CBD 应运而生。金牛傲立，勇往直前，共筑城市繁华，唤醒满天星光。

你是大地深处的秘密。1959 年的那个春天，距离嘉兴城区西南 7.5 公里的一方天地，无意间刨出的兽骨，唤醒了沉睡的文明，从此，一个重量级史前人类文化遗址浮出水面，江南文化谱系因你而改写。

你是仰望天空的期待。2013 年的那个冬天，当图纸上的规划陆续搬迁到那片辽阔的土地，一期接着一期的建设热火朝天地进入日程。你用青春吹响了开放的号角，成为地域经济的增长极。

你是璀璨的史前文脉。几千年以后，8000 平方米的土地上，身穿陶色外衣的“马家浜文化博物馆”遗世独立，“聚落”与“院落”重组演绎，一个神秘而古老的故事静静回放。“花开嘉禾”“纯真年代”“活力四射”“薪火相传”，如四颗珍珠，镶嵌在江南文化的心底。

你是耀眼的金融名片。在嘉兴经开的版图上，你与中国经济腾飞同向而行，金融机构的“高密度”与嘉兴经济的“高能级”被你完美诠释。你是垂直的街道，“城市阶梯”“金融芯核”“城市阳台”，如三枚印记，镌刻在嘉兴金融的肌理。

你和我，组成了我们。我们深情对望，遥相呼应，因为我们拥有共同的籍贯——嘉兴经开。在这里，我们涵养穿越时空的默契，携手凝望远方，相约见证辉煌。

作者简介

张莉，1987 年 4 月出生于浙江龙游，现就职于嘉兴市金融办。自幼爱好文学，诗歌、散文等作品散见于媒体报刊，曾获中国散文学会全国散文大赛二等奖。

六里长泾话今昔

沈建芳

举世闻名的京杭大运河，流经嘉兴北丽桥至端平桥段的分水墩。此处有一条支流一直向东与我们塘汇的古长纤塘汇合。当其流经太平桥小集镇时，又有一条支流一直落北，流至藏字圩村最后的一个小村庄“秀才村”。这条支流平均宽度七八十米，长约六里，故名叫“六里长泾”。原来的生产、生活资料都是靠船运的，所以六里长泾是我们的水上交通要道，它贯穿我们塘汇的平安村和藏字圩村，作为平安村和藏字圩村界河，西侧为平安村，东侧为藏字圩村。这里河道密布，水网纵横，我们的先民傍水而居，在这里繁衍生息，日出而作，日落而息，代代相传。

我们藏字圩村有许多“出港田”坐落在平安村（不在本圩的田我们称它为出港田）。当时六里长泾上没有桥，农田作业全靠农船摆渡。水牛到对岸去耕田，是自己凫水过去的。都说老马识途，其实水牛也很聪明。清晨出工时把牛牵到专门下水的地方，干牛活的已在对岸接应，水牛乖乖地游向对岸开始一天的耕作 。每当收工时干牛活的就踩在牛背上手牵牛绳，凫水而回。还有那些小青年为“扎台型”(显摆)，把衣裳、香烟等物放在草帽里用一只手托举着，靠一只手游泳，人和耕牛一起横渡六里长泾，成了一道美丽的风景线。这种场景已成了美好的回忆。

这六里长泾是我们塘汇乡的水上交通主干道，却没有一座桥(前面已经说了)。一直到上世纪 60 年代，由嘉兴县人民政府建造了一座水泥农用桥，该桥呈木梳形没有台阶，桥面约 3 米宽。仅在桥的南侧装有栏杆，刮风下雨在桥上行走真有点吓兮兮，取名为“四藏桥”。

老底子沿岸农民粜谷、卖菜、卖猪、装砖瓦都靠农船来运输，六里长泾里船来船往百舸争流。记得有一年“双抢”，傍晚将白天打下来的稻谷装到粮管所的晒场上，卸完稻谷已是晚上 8 点多了，六里长泾西岸落北街的“街上人”早已跷起二郎腿，有的在看电视，有的在听新闻；还有那一堆堆乘凉的人正在天南海北地谈山海经，他们在欢声笑语中度过了一个美好的“乘凉晚会”。我握着橹摇动着慢腾腾的水泥船，仰望夜空，繁星闪烁，时而有一颗颗流星在夜空中划出一道绚丽轨迹，陨落在远方，夜色无限美。可是我却一点也高兴不起来。此时此刻，饥肠辘辘，身上被汗湿的衣服干了又湿，湿了又干不知多少回了，身上散发出阵阵酸臭味，引来了许多“水蚊子”。这就是“城乡差别”，我一边跺着脚一边在想，有朝一日我们“乡下人”的生活也能过得像“街上人”那样，就心满意足矣!

终于盼来了改革开放，农村实行了土地承包责任制，国家取消了农业税和粮食征购任务，在2001年随着北郊河的开通及公路运输业的发展，六里长泾不再通航。手摇船的时代是艰难的，但是艰难的时代终于一去不复返了。原六里长泾上唯一的四藏桥已经拆除，现在横跨在六里长泾上分别有四座大桥让我们的出行更便捷。

我在1992年被安排到塘汇工业公司（即塘汇街道企业服务中心前身）工作，至今已有30年了，今年也正好是我们被浙江省政府首批批准设立的嘉兴经济技术开发区（简称经开区）建区30周年的大喜日子。我们塘汇也有幸被划入经开区范围，我们每一个塘汇人都是塘汇经济发展的参与者和见证者，光阴如箭，日月如梭。从当年的青壮年已变成退休多年的老年人，但当年和公司全体人员一起参与开发“塘汇乡私营经济园”和“塘汇工业园区”的往事仍记忆犹新。

在经开区的正确领导下，我们乡于1995年在六里长泾西岸的平安村，“开天辟地”设立“塘汇乡私营经济园”，它的职能是引进个私经济入驻，当时还是小打小闹，除正原电子、恒威电池两个企业较大，其余如查氏电子、九洲箱包、依瑞金属，还有各种劳动密集型的服装企业等。有的占地四五亩，有的占地十来亩。虽然这些企业规模普遍较小、产出也少，但是较未成立私营经济园前相比，塘汇乡的各项经济指标还是向前迈了一大步。私营经济园功不可没，它为我们塘汇的开发开创了先河。同时把正原公司门前的无名主干道取名为正原路，随着经济形势发展的需要和招商引资力度的增强，塘汇私营经济园也更名为塘汇工业园区。在 2001 年随着区划的调整，随着我们原工业公司服务职能的改变，塘汇工业公司也更名为塘汇街道企业报务中心，不久又更名为塘汇街道经济发展中心。

为优化招商引资环境，在 2002 年前后六里长泾两岸的平安村、藏字圩村进行了整体拆迁。俗话说：家有梧桐招凤凰。从此各类高新技术企业纷纷落户六里长泾两岸，东岸如胜代机械、众恒汽配、锡顿，西岸如九鸿工业、东海橡塑、红忠轧钢等，工业区内厂房林立，正原路上车水马龙，嘉兴市区最长的公路昌盛路横贯整个工业区，如今的工业园区洋溢着一片欣欣向荣的景象。

据《塘汇乡 1993 年国民经济和社会发展统计资料汇编》记载，当年塘汇乡的乡办企业只有 11 家，产值只有 6843 万元，而现在工业园区内规上企业 42 家，产值达 34 亿元（不包含规下企业）。两者相比，相形见绌，这里已经是我们塘汇不可多得的创收地块。

六里长泾两岸农民征迁后，得到了妥善的安排，农民对生活充满了盼头，多余劳动力就近工厂上班，生活越来越美好，昔日羡慕“街上人”，现在“乡下人”的生活已经达到或超越了“街上人”。

“两岸猿声啼不住，轻舟已过万重山。”六里长泾的今昔巨变无不见证了时代的变迁和我们塘汇的美丽蝶变。

三十年很长，多少人最华彩的人生乐章已奏完，但余音绕梁。三十年很短，犹如白驹过隙瞬间进入新时代。在经开区成立三十年之际，感谢经开区对我们塘汇的关怀和帮助，衷心祝愿我们的开发区欣欣向荣，蒸蒸日上！

作者简介

沈建芳，嘉兴塘汇人，生于1949年11月。1992起年任塘汇乡工业公司会计工作，2009年退休。在2018年被聘为秀洲区四届政协文史研究员，2019年度被评为秀洲区政协文史工作先进个人。

巴金与塘汇

周伟达

嘉兴一地自古俊彦辈出，星光璀璨。

现代文学史上有“鲁郭茅巴老曹”之说，某种角度来看，嘉兴可占二席，其中茅盾先生是桐乡人，广为人知，巴金先生祖籍嘉兴，知道的人却不多了。巴金先生祖上的李家祠堂在嘉兴经济技术开发区塘汇街道，先生本人乃至后学、读者等都曾去访塘汇李家祠堂。若说巴金先生是寻根，那么其后学、读者追慕的或许是一段文学史的发生，一种嘉禾大地上文脉流淌的精神。

巴金，本名李尧棠，字芾甘，1904 年 11 月 25 日出生于四川成都。1923 年 6 月 3 日左右，巴金先生与三哥李尧林由上海至嘉兴祭扫祖先，住在四伯祖李熙平家里，谈及“梦想的嘉兴祠堂”即塘汇李家祠堂时，得知寄身于此的族人斐卿因抽鸦片穷困潦倒，甚至将祠堂的东西拿去变卖，“一团火热的心”冷了一半。之后，巴金先生与大叔李玉书、四伯祖李熙平以及三哥李尧林坐船去访李家祠堂，摇橹声声、水波荡漾、柳树倒影的江南风情给他留下了极深的印象。

上了岸，在一临河茶馆小坐后，一行人便去往李家祠堂，巴金先生在《塘汇李家祠堂》中是这么描写的：

未走几步，到了一个地方的门口，又像破庙的大门一样，然而这里却很狭，破庙的门却要宽许多。路是不平的，两边堆着碎石残瓦。不到四五步便走进去了。天井中没有石板，是泥地，走上石阶约十余步便是神龛。神龛中放着神主（约有三隔，中间放着始祖的神主，但现在记不清楚了），外面嵌满了玻璃，玻璃窗上已生满了尘埃，中间的玻璃也有碎的了。神龛面前放了一张破烂的桌子，石阶两旁各有一排栏杆，上面有几扇窗户，但现在已没有了。靠着右边墙壁走过去有一道小门，四伯祖把门拉开，我们走去原来是一片堆着碎瓦的地。屋顶是漏的，抬头可见着青天。靠着栏杆放着几块破砖，围成一个小炉子，上面放着一个大瓦罐，是盖着的，不知里面煮的是什么东西。天井中放一张桌子，一个成衣匠在那里缝衣。这就是我们的祠堂！

在巴金先生的叙述中，我们几乎也似回到李家祠堂的历史现场。可以想象，李家祖上在塘汇建起祠堂，祠堂又在岁月风霜中逐渐破败，直到一个日后成为大文学家的李氏后人李芾甘的出现，他用笔写下这些文字，乃使塘汇李家祠堂即便形变而神永存了。

大叔李玉书在上海《新申报》做事，与巴金先生详谈了祠堂的事情。巴金先生又将这些情形写信分寄给二伯和二叔，最终由二伯李青城出资大洋八十元，嘱托族人将祠堂房屋赶快修理。待到 1924 年 1 月 13 日，巴金先生与三哥李尧林再来嘉兴时，李家祠堂已经修好，或恐族人斐卿再因吸食鸦片而去当卖祠堂东西，故而这次的供桌都是用砖砌成的。而此前被斐卿当掉的两扇大门，也由巴金先生等人赎买回来，并请棺材铺的木匠用铁钉铁圈固定起来。巴金先生感叹道："嘉兴的当铺自然不只一家，但能当门的却只有塘汇那一家。这真是祠堂的运气！"

《塘汇李家祠堂》当时并未发表，直到上世纪 80 年代末 90 年代初，嘉兴市志编纂室联系巴金先生本人，巴金先生才将此文复印件寄来。经巴金先生认真修订的《塘汇李家祠堂》一文发表在 1991 年 2 月 23 日的《嘉兴日报》上，带有其修改字样的复印件则收藏于嘉兴市档案馆，此文也理所当然地收进了 1997 年版的《嘉兴市志》中。

此后二三十年间，巴金女儿李小林、弟弟李济深、侄子李致、侄孙李斧等都来访过嘉兴，或寻访祠堂遗踪、或查找李氏祖上资料，巴金故居常务副馆长周立民、作家子仪等人则通过考察、访人、出书的形式为"巴金与塘汇"这段缘分续写更多精彩，相关研究成果已在塘汇街道长纤塘文化展馆巴金专题展区呈现。

在长纤塘的水波上，在寻根情切的字里行间，岁月重现，我们仿佛可以看见，年轻的巴金坐着摇橹船而来，那是他第一次来嘉兴塘汇，那一年是1923年，他19岁。

97年后，2020年10月17日，一批后学、读者又因巴金先生逝世15周年纪念这个机缘从天南海北聚到了嘉兴塘汇，怀抱同一种情愫，共赴一场“温暖的友情——巴金与友朋手札朗读会”。这其中固然有中国现代文学馆副馆长梁飞先生，复旦大学中文系教授张新颖先生，以及周立民先生等学界人士，也有医务工作者、公务员、销售人员等各行各业巴金先生的读者，更有一如巴金先生当年青春年纪的学生。

朗读会之前，我们先去寻访了李家祠堂旧址。祠堂已不在了，消失于历史的长河中，只有长纤塘的清波依旧微微荡漾，昭示着这是巴金先生当年来过的同一个江南水乡。附近的茶园大桥、嘉兴市建筑工业学校却都是新的建筑，祠堂的旧址之上起了一座小型的笼式足球场。下午的阳光洒落，年轻的孩子们奔跑着、追逐着，沉浸在踢球的快乐中。

伤感吗？并不。

周立民先生用“化作泥土，留在人们温暖的脚印里”这句巴金先生曾讲过的话来柔软化解，“对于这个祠堂的不在，他不会表示惋惜的。尤其是今天，我是迎着夕阳，看到那块地方变成了孩子们非常欢快地玩的球场，我觉得巴金先生的心里会感到非常欣慰的，这符合他追求的目标。”是啊，巴金先生逝世后，骨灰都是撒向大海的，其境界亦宽广如海。

温暖与深情不拘泥于时空。巴金先生当年在四川老家过年，年夜饭总有一道叫“烟雨楼”的菜，“烟雨楼”就是冰糖肘子。而在 1955 年，巴金与女儿李小林、友人黄裳等来嘉兴，就畅游了烟雨楼。先生在出生地四川，想念着祖籍地嘉兴，点点滴滴，情绪不浅。

在长纤塘文化展馆，我忝为主持，穿插引导着朗读者之间的衔接语。整场朗读会，大约涉及巴金先生与友朋的十组手札，更多时候我是站在临窗近晚的柔光里，聆听着读者们富有感情的朗读，也回到巴金先生的文字中——

我看您不必为新的刊物担心，越来越多的刊物，越来越多的作品，越来越多的新人，这个景象多么壮丽。我们现在的形势就是这样。不愁刊物多，读者和作者都是最好的评判员。读者需要，作者支持，刊物就要存在下去……（《巴金致丁玲说〈中国文学〉创刊》）

我们磕头时，附近的男男女女大大小小都跑来看，走的时候却清静极了。斐卿送我们到船上。四伯祖说他过年时要到祠

堂来，斐卿又叫我们过年也去，谁知我们十八便要离嘉，他想我们或在嘉过年，然后赴南京……（《塘汇李家祠堂》）

每个人应该站在自己的岗位努力。最好少抱怨，多做事；少取巧，多吃苦，自己走自己的路，不必管别人讲什么。（《怀念从文》）

夏公：信收到快一个月了。迟复的原因只是：天热，写字更吃力。今年气候反常，持续高温，每天早起，坐了一个钟头，就烦躁不安，站起来走几步，又满身是汗……您说："老年人还是服老为好！"说得对！我还想多活两年，也希望朋友们活得更久。现在需要您这支笔，请多多保重！（《巴金致夏衍信》）

我在一旁听着听着，竟不自觉潸然，眼眶噙着泪，鉴于主持又不能落下来，便强忍着，以为有了自我暗示会好一些，实际上并不奏效，第二、第三封忍住了，待到第四、第五封，这种情绪又起来了。皆因巴金先生文字中流露出来的对待朋友的真诚与朴实，那种赤子之心的温暖与闪光，让人暗自稀罕，加之这些文字又从同样真诚的读者们的声线中传递而来，感染力越发击中心底。我心中的巴金先生形象在这一场朗读会上更加具体。

巴金先生是2005年10月17日逝世的。那年，我读初三，犹记得期末考试的语文卷子上有关于巴金先生的填空题，大约是“激流三部曲”是哪三部？答曰：《家》《春》《秋》。“爱情三部曲”又是哪三部？答曰：《雾》《雨》《电》。若说印象，也只剩下《家》中觉慧与鸣凤未在一起的遗憾，夹杂着少年阅读的淡淡哀愁。长大一些了，看过巴金先生的《随想录》，佩服其勇于自省、敢说真话的态度。

但那毕竟是隔了书本的感受，直到读到巴金先生的《塘汇李家祠堂》，读到巴金先生为了“梦想的嘉兴祠堂”终于来到一个叫塘汇的地方，当先生站在即便破败的祠堂，祖籍地三个字也终于落定，那般具体而微，堆着碎瓦的地、漏的屋顶、生满尘埃的玻璃窗，便都是所谓寻根的“根之存在”。作为嘉兴人，念及此，也更生出一种同乡的亲近感。巴金先生的祖上祠堂曾在河塘交汇之处，而这片富饶土地上流淌的文脉，滋养了又何止几代人。

塘汇固然是水做的，嘉兴亦有这般气质。

就用巴金先生初次来嘉的一种叙述收尾吧：“最妙的是摇橹的声音，橹一摇，水便起了一种声音，这是很有节奏，不疾不徐，不高不低，并且很幽雅的。”

作者简介

周伟达，1990年9月生，浙江师范大学余华研究中心特聘研究员，嘉兴日报副刊编辑，嘉兴市作家协会理事、副秘书长，嘉兴市文艺评论家协会副秘书长。曾获全国报纸副刊最佳版面（2020年）、浙江省优秀阅读推广人（2017年）、浙江省新闻奖社会活动奖（2020年）、嘉兴市新闻奖一等奖（2019年、2021年）、第十二届嘉兴市文学艺术最高奖“南湖奖”新苗奖（2021年）等荣誉。

塘汇的春色

大秀

（一）秀水泱泱

塘汇曾是个古老的镇子。

往日的塘汇也像江南水乡的大多数古镇一样河网密布，房屋临河而建。有人作过统计，在塘汇这个并不大的地方，居然流淌着十七条大大小小的河流。现在，塘汇划为街道，河流依然碧波荡漾。

塘汇的很多条河流并没有名字，在地图上也难以寻觅，更没有被载入史册。但这并不影响它们的伟大——它们孕育了无数生命。一条河流，放在全世界范围来看也许微不足道，但对于临水而居的乡里人家来说，它的重要性不言而喻。在老街拆迁以前，人们在河里捕鱼、洗衣、洗澡、淘米、洗菜、灌溉。可以说，乡里人家生活的点点滴滴都与河流有着千丝万缕的联系。

我向来喜欢河流。河流是一个地方的血脉。它滋养着大地、每个生命和灵魂。每一条河流会呼吸，都有喜怒哀乐和无尽的故事。夜深人静时，你坐在河边仔细聆听，会听到河水在低吟，也会听到水草和鱼虾嬉戏。

很多个傍晚，我喜欢沿着塘汇街道颜马浜附近的一条小河散步。这条河流也像塘汇的大多数河流一样，没有名字。蜿蜒曲折的河道两旁生长着各色灌木、果树和花卉。春夏时节，河两岸会开满五颜六色的花朵。西下的夕阳从河岸的那边照过来，穿过密密匝匝的树丛洒在河面上，河面像是被铺上了一层层耀眼的碎金。

其实，这条美丽河流的背后也珍藏着故事。

在河边，我经常遇到一位钓鱼的老师傅。他六十多岁，头发斑白，却精神抖擞。老师傅动作娴熟，常常不经意间就能钓到一条活蹦乱跳的鲫鱼或者鲢鱼。每次钓上来一条鱼，他脸上便会洋溢出难以形容的幸福和骄傲。可是，他并不像别的钓者那样把钓上来的鱼儿带走，而是随手把它们扔进河里。重获自由的鱼儿感恩戴德地在他面前摇摆着尾巴，然后渐渐远去了。

对于老师傅的这种做法，一开始我很是不解。我问他为何要把千辛万苦钓上来的鱼儿放回河里。他淡然一笑，回答道："钓胜于鱼，你应该听说过吧。"

我点点头。顿时对他的超人智慧感到惊讶不已。

他又说："一条河里如果没有鱼，那么这条河就没有生命。正是因为有了鱼儿，这条河才有了生命力。"

随后，他又给我讲述起了这条河的故事。

老师傅是老塘汇人，他从小就生活在附近的一个小村，见证了塘汇老街和这条河流的风雨变迁。90 年代初，他常常带着他的儿子在这条河里游泳，捉鱼，很是快乐。

可是，后来附近兴办起了企业。企业的轰隆声为人们带来财富，也带来了诸多危害——企业排出的废水严重污染了河道，河道颜色变得浑浊不堪，散发着浓烈的恶臭。河里的鱼儿不见了，水草灭绝了，就连河岸的花草树木都渐渐失去了往日的生机和活力。

几年后，人们开始重新思考生态环境问题，开始想尽办法治理这些被污染的河流。

后来，在大家的努力下水越来越清澈了，河底的水草和鱼虾螺蛳清晰可见。还会有三三两两的白鹭掠过洒满余晖的水面。此时的风景宛如一幅大师笔下的画作。

老师傅记忆中的河流终于又回来了。河流是我们每个人生命中最重要的一部分。每个人的心里都藏着一条蜿蜒曲折汩汩流淌的河流。只是，随着岁月的流逝，有的人心里的河流早已干涸枯竭，有的人心里的河流永远碧波荡漾。

（二）茶香浓郁

沿着这条无名河流往北走五分钟，你可以到达一个叫“章氏古茶园”的地方。据说，这是嘉兴平原地带唯一的茶园。

第一次知道章氏古茶园是在十几年前。那时候，这里还没有规划，不像现在井然有序且富有浓郁的文化气息。世纪之初，塘汇重新对古茶园规划建设。所以，这里突然多了粉墙黛瓦的门坊和亭台楼阁，多了一份浓郁的文化气息。

章氏古茶园已有三百多年的历史。

在三百多年前，塘汇一位在绍兴一家私塾教书的章先生归乡时，他的学生送了他一份独特的礼物——三株半茶树。当时，为了能让这三株半茶树在塘汇这个不种茶的地方存活，学生便花费三年的时间通过大运河运来泥土，堆成了一块适合茶树生存的两亩七分土地。一晃三百多年过去了，土，还是那些土，茶树却早已不是那些茶树。渐渐地，三株半茶树不仅在嘉兴这个并不适合茶树生长的地方生存了下来，还繁生出十余株新茶株。

来自他乡的三株半茶树经过三个多世纪的自然孕育，成就了颜马浜这片氤氲着茶香的土地。待到春夏时，你来古茶园参观，你会发现，这里的绿色是那么苍翠葱茏，空气是那么清新，泥土气息是那么芬芳，鸟雀的鸣叫是那么悦耳。

站在古茶园面前，望着郁郁葱葱的茶树，你可以想见，采茶人背着茶篓穿梭在茶树间采摘茶叶的繁忙景象；也可以想见炒茶人在土灶旁认真炒茶的画面。

从空中俯瞰，有人说这片并不大的古茶园像是镶嵌在塘汇的一块绿宝石，时时刻刻散发着迷人的光芒。我倒觉得它宛若一块巨大的绿色天然琥珀，它向人们展示的是被漫长的岁月紧紧包裹着的生命。它是古老的，弥漫着历史气味的，藏有故事的，透明而温润的。它又像一块绿色的翡翠，那诱人的绿让人陶醉其中。

我总觉得这里是一片神秘的森林，藏着太多人们不知道的故事。那天午后，我沿着河岸去探寻这片茶林的秘密。茶园的栅栏下散落着石块和瓦片。俯身捡起，瓦片光滑如玉。我想，这片碎瓦一定被生活在这片土地上的先人们抚摸过，被茶水浸润过。

一阵微风吹过，有茶树叶哗啦啦地落下来。

我从地上捡起一片茶树叶，坐在香樟树下仔细观察。

我靠在大树下迷迷糊糊进入了梦乡。隐约中看到，有鸟雀在茶树间欢快地歌唱，有昆虫捉迷藏。我梦见自己变成了鸟雀或昆虫，在这片茶树森林里快乐地穿梭。

那片苍翠的茶树叶我舍不得丢弃，便夹在随身携带的一本书里。我想，下次翻动书页时，一定会闻到淡淡的茶香。

古茶园是塘汇的一个鲜明符号和名片，更是一道亮丽的风景线。古茶园不仅让塘汇的居民在茶余饭后多了一个散步的好去处，更为塘汇带来了人气和“流量”，成了塘汇的“网红”。每年春天，很多人都慕名而来，一睹古茶园的风采。

此外，每年春夏，古茶园都会举办一场热闹的茶文化节活动。

春天来了，古茶园又焕发出了新的生机和活力。茶树的根脉还是三百多年前的根脉，只是漫长的时光又让它们变得更加枝叶繁茂，更加盘根错节。

（三）幸福港湾

长纤塘公园和章氏古茶园同属塘汇的亮点。

长纤塘是一条古老的河。它称得上是塘汇的母亲河。以前，这条河两岸错落有致地分布着老屋与河埠头。现在人们搬进了干净漂亮的新楼房，这里也被建成了绿道公园游玩场所。

长纤塘沿河带也是嘉兴“九水连心”项目的重要组成部分。选一个风和日丽的午后，你可以从这里坐上水上巴士去市中心游览南湖。

长纤塘绿道公园散发着浓郁的文化气息。它有中式复古元素。你如果沿着塘汇长纤塘的绿道走一圈，你也许会以为自己来到了曲径通幽的苏式园林。同时它也不失时尚，处处透露着一股“年轻气盛”的张扬和“初生牛犊不怕虎”的倔强。

现在生活好了，人们不愁吃穿，开始注重健康和精神生活。每天早晨6点左右，绿道公园里便聚集起了晨练的市民。跳舞、打太极、静坐、慢跑是老年人的主要运动项目。沿绿道长跑、打羽毛球或自行车运动是年轻人的爱好。这里是塘汇的天然氧吧，晨练的人们都“贪图”绿道公园里丰沛的氧气和宁静。

其实，不仅仅是这里，塘汇的诸多新建小区也具备了绿道公园的功能，也成了晨练的好地方。

新小区环境好，老旧小区也不甘示弱。近些年，街道对老旧小区进行了改造。小区建起了运动健身中心，改善了绿化环境，设置了垃圾分类点，空气越来越清新，居住环境越来越好。

塘汇的小区处处充满了浓郁的烟火气息。生活在这里的很多人是地地道道的老塘汇人，小区里很多人相互之间颇为熟悉。早晨，晨练的老大爷看到提着垃圾去垃圾分类点的老朋友，隔老远就伸着胳膊打招呼：“老李，早啊。”另一个也会声音洪亮地回一句：“老王，去晨练啦。”

塘汇是绿色塘汇，塘汇是人文塘汇，塘汇是新时代塘汇。

塘汇是一块宜居之地。这三十年，塘汇发生了日新月异的变化。这三十年，塘汇人的生活节节高升。这三十年，塘汇交出了一份满意的答卷。

去年，一位归国乡贤看到塘汇的巨大变化后感慨万千。我说，等再过五年你再来塘汇看看，美丽的塘汇会让你感到更加震撼。

作者简介

大秀，浙江省作家协会会员。出版有长篇小说《皮影班》《麻花辫》《红船谣》等多部作品。获曹文轩儿童文学奖、浙江省优秀文学作品奖、东方娃娃原创绘本奖等。有作品版权输出意大利、阿拉伯等国家。

直到长出青苔

草白

英国雕塑家亨利·摩尔曾经说过，如果可以选择的话，我愿意将我的雕塑安放在自然景致中，与树、天空和水，而非与任何人造的建筑物为伍。摩尔认为旷野是置放雕塑的天然场所，那里空旷、动人，一切近乎天然，没有任何琐屑的虚饰。

十几年前，一个夏日午后，我误闯误撞进入一片荒凉的野地，原本只想在城市边缘找到一处散步场所，享受自由行走的惬意。那天，拨开茂密的荆棘与茅草丛，于翻滚的热浪中，撞见一座仿若英国巨石阵似的雕塑群，一条简陋、质朴的石条路尽头，九根木质图腾柱直指湛蓝天穹，好似大地之上冉冉升起的神迹。周遭无人，也无显著标记，只有青草漫漶的气息和来自密林深处的蝉鸣。那一刻，我感到无来由的慌乱，好似进入另一时空深处，随时可能聆听到来自远古丛林里的厮杀声。在此之前，我去过废弃的国界桥，那是一座简朴的三孔石柱平板桥，桥下是国界河，河的两岸是蔓生的野草野花，与这里一样繁茂与荒凉。于荒野的闷热中，我独自参观了这座近乎神迹的雕塑群，神人兽面像，条石上的圆形孔穴，以及木雕上古老的图案，好像它们不是某个当代雕塑家的杰作，而是来自远古的遗存。我想起古希腊，那个国家的雕塑家为了纪念死去的士兵，将石头做成的人像雕塑竖立在道路两旁，只为了让逝者获得永恒的关注。

那天，我无意间闯入了这块土地上的先民曾生活过的平原，马家浜文化遗址挖掘现场。三河交叉，一处静默而喧嚣的角落，一个不断生长的空间，一方巨大的能量场。土地深处，植物们的根须悄然舒展，一切都在酝酿之中。

他们让人在荒野现场建造巨大的雕塑群，雕塑完成后，又让一切隐于荒野之中。这些石头和木雕，这些繁茂的植物草木，与七千年前的先民一起陷入沉思默想之中。这是多么伟大的创举。人们沿着石阶、脚踏荆棘而来，好像回到一片田野牧歌声里，回到刀耕火种的年月。

马家浜文化遗址展厅里陈列着此地出土的玉石器、陶器以及骨器，除此之外还有炭化米粒——足有 156 粒，它们焦黑色，短圆或长条形，为人工栽培的籼稻和粳稻。

所有出土文物中，最让我震撼的还是那“兽面形陶器耳”，双圈大眼，粗鼻上翘，张口呈吼叫状。两眼圈线一上一下，大小不一，并不遵循古老的对称法则。事实上，自然中很少有完全对称的事物。这件罕见而怪异的“兽面形陶器耳”，给人朴拙、神秘、怪诞之美。

那天，我无意间闯入这片野地时，便是被这石碑上的神人兽面像所召唤。这座含括条石路面、石碑、图腾柱在内的庞大雕塑群是本土雕塑家陆乐的杰作，也是时间和荒野的馈赠。

时光回溯到二十几年前。这个河网密布的平原，最初吸引我的便是画面上的一艘木船。我的家乡没有船。那里，河网稀疏，河水清浅，人们并不需要船。船的形象让我想到大地之上行走的旅人与倦客，想起那些温润而孤独的形象，想起一个个漂泊的夜晚。它们于水面上移动，随时停歇，又无可靠岸。它们让我想到古诗词里游荡的船，想到“野径云俱黑，江船火独明”，想起“满船清梦压星河”，想起“春水碧于天，画船听雨眠”。

那些年里，我在这个城市的街巷里游走，而船在河道上走，我的目光总是轻易地被漂流的事物所吸引。有一天，当我也来到船上，来到河流的中间，成为那流宕事物的一部分，水与岸的界限似乎消弭了。我看到更为遥远的过去，在“小桥、流水、人家”的深处，“蚕眠桑叶稀”的背后，七千年前，大片蛮荒的水乡泽国，先民依河而居，乘坐竹筏、木舟往来，河流之上，静默的歌吟宛如流水的呓语，渐渐涌现，又逐一远去。

某一天，头脑中的这一切与那片旷野对接上了。它安宁、静谧，荒草丛生，一无所有，就像美国诗人斯蒂文斯笔下那只田纳西的坛子，它巍然耸立，散乱的荒野以此为中心，向它涌来，它统领四方，宛如宇宙的中心。

那座叫“痕迹”的雕塑群，位于七千年马家浜遗址腹地、荒草丛中，成了建筑高楼、公园展馆、树木绿化的中心，它既是源头，也是出发地，同时它孕育和生成了一切。

每个城市、区域大概都有这样的处所，它保持在一个零的位置，它寂寥、荒凉，众生平等；它无增无减，远离生机勃勃。恰恰是这样的所在，成了一切风景的“母本”和出发地。

在我的内心，也存有几处这样的风景。在北京，圆明园遗址公园里冰封福海上的残荷，让我想起八大山人的荷花图；某次出游南方的途中，我看见古老的河道上空白鹭腾空而起，向那苍茫的滩涂飞去；更多时候，我在无名的乡间和旷野上漫游，看见一闪而过的风景，看见枯木、残石、断垣、落花，散落在大地一隅，随之生死流转，默然不语。

古人与今人，以何种方式沟通，如何共存于这个世界，这是一个值得深究的谜。多年来，当我在大地上行走，总有莫名的惊诧感拂来，不敢相信脚下的土地已经驻足过那么多生灵，还有未来的人正在陆续抵达。我似乎看见这种延绵而至、生生不息的力量，没有什么比它们更让我感到自己也是其中一分子。河滩边的卵石，山林里的燧石，以及那细腻、柔软的白垩石，似在诉说着自然的神秘与暴力。同时，它们也是自然岁月的雕刻品。

看电影《苔丝》时，我看到英国伦敦西南部的巨石阵，那是属于史前时代的神庙遗址。谁也不知那时的人们如何将这些沉重的石料运来此地，并建造起一座恢宏的石头“宫殿”。他们穿越河流与荒野，把一个东西艰难转移到另一个地方的行为，让我想起狂热而诚挚的宗教仪式。

江南的乡野大地上，九根木质图腾柱直指湛蓝天穹，仿佛亘古以来便已存在，并永远存在下去。时间与时间，道路与道路在此处交错、叠加，宛如那条曲折伸延的，穿越芦苇、荆棘的石板路。每块石板上都被凿上一个或多个圆孔。在雕塑家亨利·摩尔看来，圆孔的存在使得雕塑的背面和前面有了联系。“一个洞所蕴含的意义不亚于一块体积所具有的能量——有一种神秘的东西隐含在孔洞之中。”

有意思的事情也随之发生了，那些野草野花从孔洞中长出，或者从四面八方向它围拢而来，就像悬崖或山坳，保存着一种天然的深度。

在《痕迹》雕塑群中，那条通往石碑和图腾柱的条石路面，行人寥寥，成了野草野花漫漶的场所，或许有一天，上面还会长出迷人的青苔。这样一条充满隐喻的小路，像是所有道路的总结与延伸，把那些深不可测、无边无涯的事物，连接在一起。

还是盛夏里的某一天，我再次前往遗址现场。旷野似乎被拓宽了，眼前尽是齐腰深的茅草与荆棘丛，蝉虫鸣叫，嘤嘤在耳。我居然找不到通往遗址腹地的路，一切被都遮挡了。经过整个春天的野蛮生长，各种生物与非生物都在按照各自的秩序，尽其所能开拓疆土。这里让我感动并愿意一来再来的原因，大概在于它们没有被人世的规矩礼数所束缚，仍然维持着某种原始、蓬勃的生命力。

为了记忆和保留的目的而建造的雕塑群，很有可能重新成为被遮蔽和遗忘的对象。世事皆然，众生平等，根本没有配角和主角之分。

当我伫立在这座庞大的露天雕塑群里，被它所释放的能量深深感动，竟有一种身在庄严大殿里的感觉，不同的是这里的一切都是敞开的，朝阳和晚霞在此快速移动和变化，每一天青草都会从石板的孔穴里长出来，直至将它掩藏和覆盖。真正的美丽是经受住时间考验的东西，就像这些被精心挑选的石头和木头。它们处于从无到有的移动过程中，所有的存在不过是为了最终的逝去，但旷野里的一切不会消失，青苔也不会消失。

作者简介

草白，出生于1981年8月，现居浙江嘉兴。中国作家协会会员。2008年以来，在《人民文学》《十月》《钟山》等刊物上发表作品一百余万字。出版短篇小说集《照见》、散文集《童年不会消失》《少女与永生》等。获上海文学奖、第25届联合文学小说新人奖短篇小说首奖等。

公园里的城市书房

简儿

五一节，闺蜜小草约我，经开运河公园里新开了一间城市书房。要不咱去转转呀。

我们去的时候恰是黄昏光景，草坪犹如一块巨大的油绿色织毯，有稚童在上面奔跑。推着婴儿车的年轻妈妈笑盈盈地从林荫路上走过来。还有白发苍苍的老夫妇，手挽手相携走在斜阳里。

城市书房在哪里呢？我们向那个年轻的妈妈问路。年轻的妈妈手指往密林深处一指：喏，就在那儿。

我们向她道了谢，往密林深处走去。一间有着烟灰色屋顶的玻璃房子，宛如童话中的小屋，出现在我们面前。

门口矗立的大理石墙上，写着“智慧书房”四个字。还有英文：Smart study。

真洋气啊。小草赞叹道。“还是 24 小时的呢。”这让我想起了台湾的诚品书店，一家有温度有情怀，24 小时开放的书店。

“书房 24 小时开放吗？”一进门，我就迫不及待地问。书房里的女孩子小娅摇摇头，不是哦，目前开放时间从早上八点半到晚上八点半。以后等人手足了，兴许会 24 小时开放哦。

因为疫情的缘故，来书房的人比以前少了。但还是有读者不断进来。就在我伫立在门口的当儿，进来了一对父子，一个小伙。那对父子经常来书房，进门就和小娅打招呼。儿子一头扎进儿童阅读区。爸爸说，下雨天，儿子吵着要来。最爱来书房了。每个礼拜都来报到。真是个小书呆子。爸爸说归说，神情是骄傲且欢喜的。家里有一个爱读书的孩子，谁不欢喜？

爸爸坐在成人阅读区的沙发上，打开电脑工作。“这里安静，比家里还舒适一些。就把工作带到这里来做，效率也高一些。”

爸爸是个设计师，一张书桌，一台电脑，就是一个工作室。点了一杯拿铁，小娅在咖啡机前忙碌。咖啡的香气弥漫了一间屋子。

二十二岁的小娅，重庆人，高中毕业来到嘉兴。之前在月河印象一家咖啡馆上班。书房甫一开张，就被公司派到这里。小娅很喜欢新工作，每天早上上班做的第一件事，就是烧两壶热水。供公园里的环卫工人、保洁阿姨歇歇脚，喝口热水。然后，拿块抹布把咖啡机，吧台擦拭得一尘不染。

接着擦书桌、书柜。落地玻璃窗外，即是绿树、繁花。小娅在屋子里忙碌，累了、乏了，抬头看看窗外，疲倦一扫而空。

“这间公园里的书房，仿佛有着某种魔力，能让烦恼、疲惫消散得无影无踪。总之，来这里之后的每一天，都很快乐。”小娅笑嘻嘻地说。

平时会看书么?

看呀，文学、历史、美学的书都会看一点。感觉自己比以前要智慧了呢，大约是书读多了的缘故。小娅笑嘻嘻地说。

两百平方米的书房，开辟出了三个区域，除儿童阅读区、成人阅读区外，还有一个“健心”客厅。

啥是“健心”客厅?

小娅告诉我，因为疫情的缘故，一些市民心情焦虑抑郁，书房特地开辟了一间“健心客厅”——作为全国社会心理服务体系建设试点城市，嘉兴市人民政府与浙江大学合作成立了“嘉兴心理健康联合研究中心”，从线上的“嘉兴在线”到线下的“健心客厅”。定期开展阅读疗法、读书会、沙龙讲座。“健心客厅”——旨在打造一个提升市民幸福感的公共心理服务空间。

听起来很棒哦。

是的呢，书房就像一个小小的驿站，让疲惫的心灵进来歇一歇，充点电，重新上路。

“山长水阔知何处，幸好还有纸质书。”我想起世界读书日那天朋友圈刷到的宣传语。浩瀚红尘，喧嚣都市，幸好，还有一间书房。

不必说书籍是人类进步的阶梯、精神的食粮、心灵的营养土，诸如此类高大上的话，就说眼前这一间温馨的书房，一排书架，一本书，教人心中觉得温暖而妥帖。

仿佛可以卸下所有伪装，回归纯净、美好的时光。就那么心无旁骛地看一本书，度过一个下午。

无事此静坐，闲读一本书，一日当两日。

因为读书，日子变得缓慢而悠长。

“读书使人明智，聪慧。”“倘能生存，我当然仍要学习。”“书犹药也，善读之可以医治愚。”“读万卷书，行万里路。”也不必说这些刻在墙上的读书箴言，就说眼下，由于疫情的缘故，哪儿也不去了。既然行不了万里路，那就读万卷书吧。在书中看见更大的世界。在书中邂逅美好之人，美好之事，美丽的风景。

我想着，大约，这是这一间城市书房的初衷与初心了。

“有没有印象特别深的读者？”

“有哦，有一个小哥哥，来这里看书看了好几个月。”

“是不是暗恋你呀？”

“没有啦，他是来刷题参加公务员考试的。”

“那后来考上了没有？”

“考上啦。特别为他开心呢。”

“还有一位小姐姐，考研究生，也在这里复习了几个月。小姐姐后来也如愿考上了。他们勤勉、努力，于我也是一种鼓励和鞭策。我觉得嘉兴人身上有一股子韧劲儿。嘉兴人也特别友善，来嘉兴三四年，爱上了这里。特别是来到书房以后，觉得自己有了“归宿”。

“如果不出意外的话，会一直呆在这里。”

小娅继续带我参观：“这里还会不定期举行小型展览，比如这一阵展出的是嘉兴学院附属实验幼儿园孩子们为冬奥会创作的绘画作品。”每次布展，小娅都特别开心。“瞧，孩子们画得多棒。”美丽可爱的小娅，有一颗天真烂漫的童心。

“天色舒齐地暗下来

那是慢慢地，很慢

绿叶蓁间的白屋

夕阳射亮玻璃

草坪湿透，还在洒

蓝紫鸢尾花一味梦幻

都相约暗下，暗下”

木心的这一首，大约也可以描绘黄昏时分，此时此刻，运河公园的这一间城市书房。天色舒齐地暗下来，坐在落地玻璃窗前，看得见绵延绿意，听得见婉转鸟鸣。

这一间城市书房，亦是一个心灵的驿站呀。小娅说，读书可以疗愈内心，令一颗浮躁、不安的心，安静下来，获得平和与安宁。

这里的书定期会更换，每隔半个月，就会换一拨书。这里的书也会漂流，一本好书，从一个驿站漂到另一个驿站，让更多的人读到它。要是读者有想看的书，告诉我一声，我上报给总馆，总馆会把书送过来。

一座城市，因为一间书房、一个客厅，让市民有了一个好的去处，也有了归宿。她是这样温馨、贴心的一间书房、一个客厅，犹如一个家。

“读书就是回家。”我想起麦家老师的一句话。那么，亲爱的读者，就让我们多读书，常回家吧。

亲爱的读者，倘若您有时间，那就请您去运河公园里的那一间城市书房，去“健心”客厅坐一坐、歇歇脚吧。也许您会邂逅美丽可爱的小娅，您也会邂逅一段美好温柔馨香的时光。

作者简介

简儿，80后。中国作家协会会员。在《西湖》《文学港》《星火》《草原》《散文》《散文选刊》《读者》《海外文摘》

等刊物发表作品。出版散文集《日常》《鲜艳与天真》《绿荫寂寂樱桃下》《玫瑰记》《枕水而居：不如自在过生活》《今天也要吃好一点》等多部。获第九届冰心散文奖。

印象嘉兴经开区抒怀

彭志密

巍巍嘉兴经济技术开发区，乾坤立极。灼灼先进制造外资集聚地，日月生辉。协同发展，高端集聚；产城融合，诗意栖居。泱泱乎，湛湛水墨画卷，似出苍茫之仙境，勃勃然，盎盎日新月异，如入缥缈之太极。集日月之灵气，景秀物丰人文茂；蒙自然之造化，节令温和雨充沛。蕴山水之灵韵，则横陈于沧溟；涵天地之精华，而孕育于壶兰。薰薰兮超凡脱俗，怡怡兮养生休闲；行悠悠而神往，意洋洋以心驰，神奕弈以养性，美滋滋以恬逸，情孜孜而梦栖。领略人文灿灿，品鉴发展煌煌。步入热土，乐在其中，欣欣然则曰：诗意栖居，商务休闲两相宜；静享智谷，创新集聚隐一隅。

美丽经开区，生态凸显。园林荟萃，浩浩锦绣风光；幽雅灵秀，栩栩水墨画卷。天蓝蓝兮澄碧，林青青兮润物，云淡淡兮生烟，水湍湍兮流长。花草葳蕤兮郁郁竟妍，树木葱茏兮夭夭勃然。杂树蔽天，深林野蔓；蒹葭萋萋，百花烂漫；园林胜景，点缀其间；岚气氤氲，如梦如幻；光影绰约，时隐时现；云蒸霞蔚，色彩斑斓；清流汩汩，水碧涓涓；街道耸翠，层林尽染；恬静瑰丽，雄浑绮旷；遮阴纳凉，古树参天；曲幽通径，绿道蜿蜒；山水飘逸，野趣盎然；满目隽秀，空气清鲜。岸芷汀兰，蜂蝶缱绻；鸟语花香，莺舞翩跹。树长鹊飞竹猗猗，花开蕾绽花艳艳。采菊东篱下，悠然见南山。最是平生好去处，悠游自在惹人羡。天苍苍而鹰扬，水涣涣而鱼恋。掬水月在手，弄花香满衣。遥襟甫畅，逸兴遄飞，不有佳咏，何申雅怀？天籁自然，华章无限，美若仙境岂可尽述哉？

活力经开区，与时俱进。务实敢干，御改革之长风，积跬步成千里；映古辉今，萃山水之灵气，成丰功而业致远。植梧引凤，蓄水潜龙；黾勉同心，豪气正然；闾阎扑地，绿韵扑面；物华天宝，创业梦圆；文化蕴藉，胜迹点染；俊彩芬芗，风骚独占；宾朋纷沓，景点珠串；文化繁荣，艺术璀璨；火树银花，华灯灿然。商贾辐凑，物畅车繁；大道重载，百业骈阗；爬罗剔抉，俊才晖焕；骐骥奔竞，鹰举鹏抟。环境保护，识微见远；解放思想，团结奉献；创新集聚，跨越发展；科技新城，雏形凸显；抟风击水，鹏程大展。人文与绿色封面，经济共生态骈肩。工商携旅游向前，改革伴开放蝶变。云程发轫，商务圈、生态圈、产业圈，三圈集聚辉煌可期；筑巢引凤，汽车零部件、精密机械、电子信息、健康食品、现代服务、大数据应用，优势产业强力领先。山水依旧彩霞明，人世更迭幸福绽。来之使人流连忘返，去之令人魂绕梦牵。

和谐经开区，海晏河清。天泽福以蟠龙，地毓秀而栖凤。赫赫乎生态之茂，淳淳乎物华之良。养生天堂兮寿享遐龄，产城相融兮稳中求进。景异物盛，园林胜概；俊彩星驰，凤翥鸿轩。共促转型升级，创新发展；推进产业集聚，敢勇争先。志愿服务，大爱凸显；虚极静笃，致守弥坚；乐畴修业，担当奉献；讲信修睦，勤劬尚善；三生融合，幸福致远；每闻鼙鼓，奋臂搴裳。户户崇尚节能减排，环保低碳；喜看今日新城，近悦远来；宽厚包容，大众点赞。城在林中，路在绿中；花木成荫，绿意满满；大街小巷，溢文明风范；社区公园，逸健身休闲。非惟人文胜迹，辉映生态乐园；岂独创新引领，迸射魅力动感。且看今日之经开区，挥洒诗画丹青卷，更舒筑梦好客柬！荡荡乎，骏奋骐骧而如日中天；浩浩兮，地载厚德而吐故纳鲜。

伟哉！嘉兴经开区建区三十周年，高质量发展，挟今昔之底蕴，创时代之伟绩；增光彩于浙江，溢豪情于天地。

壮哉！嘉兴经开区建区三十周年，创新引领，携改革而奋进，谋发展而不息；挽日月而同行，续辉煌而可期。

呜呼吁！嘉兴经开区建区三十周年——改革不停步，实干谱新篇。智赢未来，创新典范；绿色发展，远瞩高瞻；产业支撑，敢为人先；改革发力，雄心赤胆；民生为本，大道至简；云涌于岫，霞耀于峦；鹤鸣九垓，声闻于天；鸾翔凤集，龙潜于渊。发展风云激荡，生态情满帙卷；民生高歌猛进，人文沧桑巨变。与创新同行，喜结发展硕果；与绿色共舞，筑就宜居家园。正所谓："蘸巨椽以为笔，书不尽水墨华章；揽百川以为弦，弹不完长歌正酣。"

作者简介

彭志密，供职于兆方源商贸公司。

散文二辑

此城此人

城南，那一片热土

张进喜

1992 年 10 月，嘉兴市政府为加快城市拓展，推动经济发展，分别成立了经济开发区管理委员会和南湖综合开发区管理委员会。嘉兴经济开发区依托 320 国道的基础设施条件向城市北部招商引资，引入国内外企业，努力实现嘉兴经济飞跃。南湖综合开发区借助“中共一大”南湖会址在全国的影响力，加快城市南部的风景旅游开发。

我于 1994 年 1 月，被市委任命为南湖综合开发区管委会副主任，协助赵惠成同志负责招商引资。当时的办公地点在湖滨路 38 号，也就是盐仓桥南湖老摆渡口对面，两侧是社会停车场和公共厕所，一块大型广告牌立在小门的前面，不是特意找的话，一般人还真发现不了。办公用房是搭建不久的二层楼活动用房，虽说有办公室、工程处，但总共也就十多个人。

虽然组织架构初步搭建起来，但开发难度极大。当时，老城区往南受沪杭铁路屏障所碍，没有一条连接的通道，南湖南侧全是农田桑地鱼塘，西岸则是停了许多木质渔船，住房随意建造的渔村。老百姓形容南湖开发区是“县太爷的帽子，乡长的衣裳，村长的裤子，农民的鞋子”。意思是没有经济实力。管委会想方设法招商引资，一帮人走出去请进来，然而收效甚微，来看的人不少，走的人更多。

姜顺荣主任到位后，为改善办公条件，与南湖乡进行了沟通，借用了洗毛厂的整幢办公用房和一个食堂。南湖乡工业公司也慷慨相助，专门调拨出多辆桑塔纳轿车，借与开发区招商引资、工程管理之用，使管委会的办公条件有了较大改善。管委会机构除办公室外，还成立了经发局、社发局和工建处。财政、城建、土管、工商分局也相继入驻开发区，使开发建设逐渐步入正轨。

时任嘉兴市委书记王国平同志来到南湖开发区调研，要求开发区必须打破沪杭铁路瓶颈，依托嘉兴老城开发建设东南新城。根据这一指示，首先要有适应未来发展的南湖综合开发区详细规划；其次是依据规划对外招商引资，以解决资金问题；第三是突破原有风景旅游开发的框框，按综合开发的思路重新布局。当时影响南湖综合开发区发展的有三个难点：一是打破沪杭铁路屏障从哪里着手，这涉及东南开发路桥如何与老城区对接；二是规划形成后，建设资金从哪里来，谁来投资；三是如此宏大的规划，上下左右如何统一思想。

管委会经过多次实地踏勘，最后确定在西南湖与长水塘交界处的较窄段建水、铁连续桥梁，桥梁跨过长水塘后又跨沪杭铁路而与老城区相连，即所谓的“一天二地”。规划中的中环南路西起320国道，过越秀路、城南路、纺工路向东延伸至十八里桥沪杭高速公路互通式立交连接线。全线路桥规划同宽60米，路面按四块板形式分布，机动车与非机动车分离，以绿化带相隔，全长13.41公里，总投资概算2.3亿元。这个规划在当时历史条件下属于胆大妄为，反对声很多，是在市委主要领导强力支持下通过的。

1996年下半年，设计方案确定后，管委会商议尽快启动南湖大桥、中环南路建设，但就一条中环南路建设就需2亿多资金。钱从哪里来？当时的南湖综合开发区一穷二白，管辖的南湖乡、东栅乡财政独立自身难保，市政府缺少市政投入资金，银行贷款既没有资本金又无企业担保。在无可奈何的情况下，开发区领导班子讨论决定用合资的办法建设中环南路。当时，上实置业集团（上海）有限公司在桐乡有房地产项目的投资，与嘉兴也有这方面的接触。通过热心人的牵线搭桥，我们与该公司董建明副总经理取得了联系。如此高额的投资上实置业集团（上海）有限公司不敢擅自作主，要经过上实集团总部同意。向上汇报后，上实集团高层不太倾向在上海市域外投资基础设施项目。

听到这个消息，我们非常着急，当得知上实集团高层要到杭州与大自然集团洽谈合作项目时，我跟随姜顺荣主任向王国平书记作了专题汇报，并递交了相关资料。王书记连夜赶到杭州，通过多方努力，上实集团领导答应到嘉兴进行专题考察。蔡来兴董事长在嘉兴宾馆的签约仪式上说了一句意味深长的话："来与不来不一样，看与不看不一样。"董建明副总经理事后与我悄悄说道："蔡董看到市委市政府这么支持开发区，看到你们班子如此敬业，被嘉兴人的淳朴、踏实所感动。"此次考察后，上实置业集团（上海）有限公司与开发区合作成立了上实置业嘉兴中环建设发展有限公司，上海方投入2000万美元，嘉兴方投入980万美元。有了上海的资金投入，交通银行嘉兴支行、建设银行嘉兴分行也积极参与了进来，使工程项目有了资金上的保证。

管委会一边全力以赴招商引资，一边紧锣密鼓开展工程的前期推进工作。征地拆迁由南湖、东栅两个乡的干部配合开发区拆迁办到村民家中做工作，到企业车间谈搬迁，为工程的全面开工创造了条件。管委会为保障工程全面推开，发动了所辖东栅、南湖两个乡的干部、农工挑筑土方。管委会班子成员也深入一线，与大家同甘共苦。工地上彩旗飘扬，人头攒动，一派繁忙景象。王书记获知我们热火朝天地挑土方，也亲自来到工地接过扁担挑了起来。这一挑不要紧，市委领导、市政府领导相继到工地前来慰问，嘉兴日报社、嘉兴电视台和广播电台也纷纷跟进报道。有了市委、市政府的全力支持，我们干劲十足，用了将近一个月时间，在1997年元月农闲时节完成了土路基填筑任务。

其实，整个工程施工难度还是蛮大的。总共13.41公里的道路分了十个标段，有修筑道路的、有建造桥梁的，通往施工现场的要么是狭窄的泥砂小路，要么是淤塞的断头河浜，还有许多原先养殖鱼虾的池塘和种植茭白的烂泥地。池塘好弄，块石抛填。烂泥地怎么办？为节约工期和成本，姜主任召集工建处的同志，还有聘请来的几位市政桥梁专家一起商议，最后确定采用抛石挤淤打石灰桩的方法，强化稳定路基。这个土方法虽然原始老土，却非常实在管用。

施工进展顺利，各个标段全面推进。姜主任专门把我叫去，细细关照："进喜，你和工建处同志一起，带上毛巾、雪碧和可乐到每个标段驻地、施工现场走一趟，以表达管委会对施工人员的关爱。"于是，我们开着满载夏令用品的面包车，逐个标段上门慰问。转眼到了严冬，北风呼啸，城里人家已开始打扫卫生，置办年货。姜主任又特意交代："快过年了，我们准备些年猪给工地送去。"我带着工建处的同志又把整爿的猪肉、成桶的菜油和满袋的大米送到了工地。我说："大家辛苦了一年，也要好好喝杯小酒，这是管委会领导的心意。"工地负责人曾私下问我："给你们送东西，你们不要，请你们喝酒，没一个人参加，我们还从未见到过这样的业主。"我说：

"还不清楚吗？这是告诉你们，在我们开发区做项目，只要做一件事，就是全身心地保证工程质量，抓好工程进度，其他什么都不用去想，也不用去做。"

的确，当时虽然条件艰苦，我们跑工地抓质量、赶进度，还要随时商量施工中出现的问题，回到单位往往会错过用餐时间。施工单位常会留我们用午餐，或想接到附近饭店喝杯小酒，都被我们谢绝了。我们工作再迟，也会回到食堂让王师傅把饭菜热一下。施工单位到开发区商议工作，午餐都是在南湖乡小食堂用的。创业阶段的艰苦日子就是这么过来的。

1999年12月，这一开创接轨上海引资建路先河的中环南路和南湖大桥顺利通车。原来通往杭州方向的城南路也率先按当年中山路的路幅宽度进行了提升改造。随着城南路、中环南路和南湖大桥的建成，大大改善了嘉兴的基础设施环境，带动了市区南部的全面开发与建设。随着市、区两级行政中心的搬迁、诸多公共服务机构的入驻，以及教育卫生金融配套设施的兴起，一幢幢高楼大厦拔地而起，住宅小区相继建成，这里成了投资的热土。

2000年12月，市政府撤销南湖综合开发区，同时成立嘉兴高新技术产业园区管委会，我担任了嘉兴高新技术产业园区管委会副主任，市科委党组成员。2001年3月，嘉兴高新技术产业园区管委会和嘉兴经济开发区管委会合并，我担任了嘉兴经济开发区管委会副主任、党工委委员，高新技术产业园区管委会副主任。先后协助主要领导负责社会事业、征地拆迁、道路桥梁、工程管理、安置房和标准厂房建设。直到 2005 年 11 月，我离开了经济开发区，到市级机关其他部门任职。屈指算来，从 1994 年 1 月到 2005 年 11 月，我在开发区摸爬滚打了十多个年头，开发区工作的辛劳难以忘却。人离开了开发区，我的心却一直关注着这片火热的大地，因为在这里流下了太多太多的汗水，还有继续战斗的兄弟姐妹。

而今，沿中环南路一线，既有高科技的新兴产业园，又有普通的工业园区。城南路两侧也进行了两次开发，城市面貌发生了翻天覆地的变化。高铁、高速，以及环城的高架，让市民群众真正体会到了东南新城的飞速发展，更感受了安居乐业的幸福生活。随着国际商务区建设的全面推进，又为东南新区注入了新的活力。站在嘉兴大桥向东南望去，南湖之滨一座现代化的新城快速崛起，这正是当年开发区规划的宏图，现在正一步一步得以实现。

晨霭漫漫，渔舟唱晚。三十年了，沉静清幽的南湖水陪伴着南湖大桥，见证着一座城市的飞速发展。大桥之南，一座现代化的新城正在快速崛起。

作者简介

张进喜，男，中共党员，为嘉兴市2021年“同行共富路 银晖耀嘉禾”银尚达人。曾任嘉兴南湖综合开发区管委会副主任、嘉兴经济开发区管委会副主任、嘉兴市水利局副局长、嘉兴市政协副秘书长等。

一条河与一座城

欧福泰

迎着春天的暖阳，我从北郊河边下车，悠闲地漫步在栉风沐雨三十个年头的嘉兴经济技术开发区。

这个被嘉兴人称为城市中最繁华最有生气的活力之城，既有蒸蒸日上的工业板块，又有柔情万千的江南水乡，两者恰到好处地融合成精华，110 平方公里的嘉兴经开区镶嵌在人杰地灵的主城区，使这座拥有 7000 年文明史的城市平添了几多繁华与灵韵。

放眼望去，座座工厂星罗棋布，仿佛仙人吕洞宾气定神闲地摆布棋子，没有污染，只有绿色，令人赞佩；北郊河上船来船往，货物运输日夜不停，显示出经开区企业赶超快跑的虎虎生气。姚家荡一湾碧水漂着白云，仿佛蓝天落在脚下，一群群纷飞的白鹭起起落落，让人陶醉……

春暖花开，岁月静好，嘉兴经开区尽情地释放着经济活力，释放着无比绿意，为嘉兴的经济社会发展涂抹着靓丽的底色。

嘉兴经开区美好的今天，源自于改革开放的不断深入；源自于1992年邓小平同志南方谈话后，嘉兴人民先行先试、开拓创新的激情；源自于嘉兴经开人“人民给我一方土，我还人民一座城”的初心使命！

嘉兴经开的业绩是值得骄傲的：30年前6.1平方公里的省级经济开发区，如今已扩大为110平方公里的国家级经济技术开发区；从一穷二白的起步，如今已成为拥有680多家外资企业、38家世界500强的全国经济营商环境十大创新示范区……

作为一名从事新闻工作20多年的老记者，我从嘉兴经开区成立之初，就一直关注着她的成长。我的思绪又不禁拉回到上世纪90年代……

那是嘉兴经开区建立之初的一天，嘉兴西部一幢简易小办公楼会议室内，讨论热烈，烟雾缭绕。作为成立不久的嘉兴经济开发区管委会，正在为区域开发面积而各抒已见……

当时的嘉兴市区西部开发建设还是个零，大片农田种植着水稻、麦子、油菜，夹杂着星星点点的乡村企业。面对着汹涌而来的开发浪潮，新建的嘉兴经济开发区就要将这片农田变成开发建设的热土，描绘出一幅奔向幸福生活的新蓝图。

一个大问题首先迎面撞来，那就是经开区的发展面积受到城市建设规划的制约。根据规划，经开区只能在北郊河南侧2平方公里、西北侧4平方公里的狭长地带发展。在如此狭小的地域搞大手笔的开发建设，无异于“螺蛳壳里做道场”，地域面积的狭小和即将引进的众多企业，这显然是一大矛盾。

怎么办呢?

具有开拓思维和勇于创新精神的经开人是不会为困难所吓倒的。在讨论会上，时任市政府秘书长、嘉兴经开区管委会主任的马文龙和他的创业团队提出了一个大胆的设想，那就是为了拓展开发区的发展空间，必须将北郊河再往西北方向推移 2 公里，使开发区的面积扩大到 10 多平方公里。如此就可以连片开发，提高土地实际利用率。

说干就干，雷厉风行。马文龙与管委会一班人立即向嘉兴市委、市政府提交了将规划中的北郊河往西北移出 2 公里、扩大开发区建设面积的可行性报告。

市委、市政府经过周密的科学论证，支持嘉兴经开区关于将北郊河往西北移出的建议。

1995 年，经省政府审核同意，嘉兴经济开发区规划面积扩展为 9 平方公里，东起六里长泾、陆家桥港，南至 320 国道、洪仁路南 100 米，西、北以北郊河为界。与此同时，开发区已累计引进外资企业 62 家，总投资 2.8 亿美元，利用外资 2.16 亿美元。

从 1996 年 3 月开始，市委、市政府将秀城区的嘉北乡、塘汇乡委托给嘉兴经济开发区管理，开发区规划面积增至

18.73平方公里。7月10日，位于嘉兴城西北外围的北郊河工程开工建设，这是一条南台头闸枢纽配套河道，也是为了配合杭平申线航道改造升级的需要。起自杭州塘北岸嘉北殷秀村荷花池的北郊河，穿越嘉北、栖真、塘汇3个乡16个村，止于三店塘北岸塘汇鸣羊村、三家村交汇点，全长13.41公里，河面宽67.8米，能通航500吨级船只。1999年7月全面完成，2000年12月交工验收并通航。

实践证明，由嘉兴经开区管委会提出、市委市政府支持，又经省政府同意的北郊河往西北移出这一决策十分正确。20世纪90年代后期，大量外资企业因为嘉兴经开区有了较大的发展空间，因而决定落户经开区；嘉兴城市副中心的秀洲新城因此得以迅速崛起；车流量巨大的320国道市区过境段也随北郊河而外移，减轻了城市交通压力。

有了开发的地块，还要有水、电、气等配套设施，才能吸引外商。当时，开发区一些区段已铺设好供水管，但因管径太小，布局不合理，不能适应发展的需要。最后，开发区将供水管全部换成800毫米管。为了解决供电问题，市财政、开发区、电力局联合筹资9000多万元，建起了嘉北变电所、双河变电所。1994年，变电所投入运行时，刚进区的外资企业东方钢帘线厂首家受益，乐得外方老总连称："嘉兴市政府想得真周到！"

当年我在采访马文龙时，一讲起嘉兴经开区开发建设如火如荼的年月，他总是显得非常高兴。他对我说，每次到香港召开招商洽谈会时，市领导总是将嘉兴经济开发区当“宝贝”一样的首推出去。香港有一个香港嘉兴同乡会，发起者就是被授予嘉兴“荣誉市民”的袁培元先生。袁培元先生投资 200 万元人民币，来到嘉兴经开区兴建同兴服装公司，这是开发区引进的第一家港资企业。随后，海盐籍的香港实业家朱伯蘅也投资 300 多万元人民币，来开发区建起了专门生产丝织品的天华公司。1993 年 10 月，台商独资企业嘉兴宜泰鞋业有限公司成立，成为嘉兴经济开发区引进的第一家规模投资企业，项目总投资为 250 万美元。

此后，韩资、日资、台资企业等如同滚雪球般进入开发区。2001 年，韩国晓星集团将 1 个大项目落户开发区；2005 年 6 月 9 日，时任嘉兴市委书记黄坤明在会见美国玛氏公司中国区总负责人苏尚铭率团的公司高层管理人员一行时，详细介绍了嘉兴经济开发区的区位优点、产业特色和服务举措。过了没多久，玛氏公司就决定将投资在中国的第二家工厂选址在嘉兴经济开发区，并成立了爱芬食品（嘉兴）有限公司，总投资 9000 万美元，注册资本 3000 万美元。至此，开发区利用外资已形成了一定的规模和特色。

艰苦的努力获得了丰厚的回报。2020 年 1 月，商务部公布2019年国家级经济技术开发区综合发展水平考核评价结果，嘉兴经济技术开发区名列第12位，前进1位。在浙江省2019年经济开发区综合发展水平考核评价中，嘉兴经开区勇夺综合排名第二。与此同时，嘉兴经开区还在全省开发区单项考核排名中表现优秀，位列对外贸易年度“十强”开发区第二，利用外资年度“十强”开发区第一。

与此同时，经开区城市规模逐步扩大，城市基础设施日臻完善。1992年9月，总投资287万元的友谊路开始动工，随后北海路、振兴路、洪兴西路、东升西路、东方路、新桥港桥、中国茧丝绸交易市场一期、嘉兴第二通讯大楼、嘉北变电所等工程相继动工。经过10年的发展，2002年，开发区已完成开发面积10多平方公里，相继建成中山西路、昌盛路、东方路等城市主、次干道30条，共43公里；建成古运河大桥、穆河溪大桥等桥梁42座；新建大型公共绿地4个，使全区绿化面积达到141公顷，建成区绿化覆盖率达30%。

如今，嘉兴经开区城市面貌焕然一新，见证七千年文明源起的马家浜文化遗址博物馆成为游客的热门去处；新开发的姚家荡周边聚集着数万人家；高铁新城跃然崛起，引领着城市的繁华；温暖嘉驿站涌动着关爱百姓的暖流，绽放在群众欢快的笑脸；北郊河沿河绿道勾画出嘉兴经开的宜居细节……

“人欲见挤真砭石，身宁轻用作投琼。南湖可引春畴美，只合躬耕毕此生。”这是南宋著名诗人陆游在嘉兴南湖边作《梦断》的诗句。三十春秋，三十付出，三十情怀，嘉兴经开人兢兢业业，踏实苦干，无论是领导干部，还是一般员工，“功成不必在我，功成必定有我”是他们一以贯之的情操。蓬勃的发展讲述着激情燃烧的岁月，和谐稳定的生活昭示着丝丝缕缕的精细。这一切，都离不开经开人低头躬耕以毕一生的家国情怀！

北郊河日夜奔忙，经开城繁花似锦。这浸润人心的经开奋斗故事，显然是写不尽也道不完的。

感谢嘉兴经开区，感谢经开区的所有奋斗者，是你们那 30 年的激情故事，诠释了我心底的诗和远方……

作者简介

欧福泰，嘉兴市环保联合会副秘书长，嘉兴市政协文史特邀员，主任记者。嘉兴日报社原经济部主任、秀洲分社原社长。参与编写或主编《中国共产党嘉兴历史》（三卷本）、《中国共产党南湖历史》《夺鼎之路》《爱国大臣左宗棠》《王江泾镇志》等。

想起这些事，牵挂那些人……

沈爱君

岁月如梭，原来已经是10多年前的事了。

虽然家庭住址和单位地址，都不在经开区，自己的工作领域，也似乎和经开区“没有关系”，但在经开区30岁生日的回首和盘点时刻，发现自己也曾深刻地“介入”过开发区的发展，和开发区这片热土，也曾有过温暖而感人的记忆。

一个充满艺术梦想的三口之家

作为《南湖晚报》教育记者，2010年的1月，有热心老师和我说起自己班里有一名热爱钢琴的女生。热爱钢琴的女生一点也不奇怪，不具备“新闻价值”，但这位老师和这个女生来自新居民学校，就有了很大的新闻价值。

随后，我两次走进金穗月亮湾小区的一间租房，采访这位女生和她的爸爸李大江。租房是拥挤而简陋的，一架钢琴确实产生了“蓬荜生辉”的效果。

清瘦又略显憔悴的李大江充满激情地向我说起自己一家关于文学和艺术的梦想。

李大江会吹笛子，弹吉他，拉二胡，1993 年一个人从四川安岳来嘉兴打工时，每月都给妻子石大琼写一封又长又浪漫的情书。1999 年，在老家生下女儿的妻子也赶到嘉兴打工。

因为两人干活认真卖力，很快从建筑工地的小工转为嘉兴一家服装企业的技术工。每天早上起床后，在古典音乐中洗漱是一家三口多年的习惯。

女儿李欣然 9 岁那年的一个早晨，李大江看到正准备刷牙的女儿随着音乐节拍晃动着自己的身体，突然说了一句：“女儿对音乐很有感觉！”就是从那时候起，李大江夫妻开始为女儿找钢琴老师。

“我很感谢文昌路小学的史晶晶老师，她曾给女儿很多鼓励。也感谢王建军老师，他不但给我们的学费打折，辅导的时候也特别耐心。”为了让女儿安心练琴，李大江让妻子辞掉了月薪 2000 多元的工作，换了一个收入低但相对清闲的岗位。这样，妻子可以接送女儿学琴并且在旁边记笔记。因为晕车，母女俩不坐公交车而是骑自行车往返。

李欣然在嘉兴蓝天学校读小学五年级，成绩一般。李大江曾要求女儿的班主任少留一些作业，即使女儿成绩不好也不会怪学校。“跟随我们漂泊在外很辛苦，我们希望她能在烦恼的时候找到积极的排解方式。”

由此可见，李大江的教育理念是很领先的，而让我此刻感到自豪的是，我在和他还有他的工友们交流时，有了一个大胆的想法。

促成了他们的“星光大道”

第二次走进李大江一家的租房，我们聊天的时候，外间飘来一段萨克斯乐曲，悠扬，空灵，又那么近。李大江看我听得入神，有些骄傲地说：“这是我的一位姓唐的老乡在吹奏萨克斯。我的一些老乡就是这样，饭菜可以吃得不好，但乐器一定要有一个，下了班就要用乐器来放松一下……”

那时候，央视有个很著名的节目，叫“星光大道”。我采访结束回到单位后，和晚报领导说起我们的新居民中有这样一群热爱并且擅长音乐的打工人，是不是可以给他们搞一场类似“星光大道”的音乐会？

这个建议得到晚报领导的支持，我和同事们随后开始筹备和联系。

2010年1月20日，《南湖晚报》携手嘉兴市文明办、市新居民事务管理局、团市委、市群艺馆、浙江新安国际医院，向我市的新居民朋友发出了邀请，邀请他们走上首届嘉兴新居民“星光大道”的舞台。

2010年2月6日，21个节目排定——

开场：新疆歌舞《快乐的青年》

一、少儿声乐

1. 刘欣雨《凤凰长发妹》

2. 于 茜《山路十八弯》

3. 吴金瑶《童年的太阳》

4. 李欣然、唐卓（合唱）《太阳出来喜洋洋》

二、成人声乐

5. 游 莲《遗失的美好》

6. 梅 俊《美丽的草原我的家》

7. 张红进《离家的孩子》

8. 王建军、王奕文（民歌对唱）《想亲亲》

三、少儿乐器

9. 邓佳雯、胡家泰、胡家峰（笛子合奏）《茉莉花》

10. 尹清阳（葫芦丝）《侗乡之夜》

11. 杨 璐（笛子）《金蛇狂舞》

12. 何睿阳（笛子）《列车开向北京》

四、成人乐器

13. 王 林（手风琴）《美丽的西班牙女郎》

14. 唐泽庄（萨克斯）《城里的月光》

五、戏曲类

15.成人：柯新利、倪新祥（黄梅戏）《夫妻双双把家还》

16.少儿：胡家峰（京剧）《智取威虎山》选段

六、综合类

17.叶凤春（边唱歌边作画）《吉祥如意》

18.刘晓才（太极拳）和程金生、张明生（现场书法）组合

19.张红振（东北小品模仿秀和口技表演）

20.99大魔头（魔术）

21.新疆学子（民族歌舞）《骑士之舞》

主办单位还为此次新居民“星光大道”活动的所有选手准备了厚礼——特等奖1个，奖金2000元；一等奖2个，各奖800元；二等奖3个，各奖500元；三等奖6个，各奖300元；其他节目作为优秀奖，各奖100元。

2010年2月9日晚上，嘉兴市区江南摩尔广场，星光灿烂，笑声和掌声，一次次送给李大江这样心怀梦想而之前几乎不曾上过舞台的外乡人。

当天晚上10点，人群逐渐散去，我和同事们整理完舞台和各类表演道具，载着满身疲惫和满脑的兴奋，从江南摩尔这个当时城市的最西面地区，赶回嘉兴日报社这个当年城市的最东面地区，于感慨中写下这次活动的整版报道。

转眼已经过去了12年，此刻回忆，好像又看到了他们闪亮的眼神，当年因为奔波这个事而浑身酸痛的记忆，也被重新唤醒，并备感美好而难忘。

给新居民子女学校送图书

这场送图书活动，缘起于南湖创业学校的一名男生写给晚报的信：想要能随时带回家读几天的图书。这位男生说，父母忙于工作，经常加班，自己回家做完作业，有时会看电视，但看多了也觉得无聊，想读一些好书。

那是2012年的春天。我和同事张超柱由此开始为新居民孩子的阅读梦想奔波。

晚报刊登这位男生的来信后，晚报读者积极响应。

中国石油浙江嘉兴销售分公司的孙先生代表单位来电询问，除了爱心书籍还有没有其他需要资助的？书架是否已经定制好了？如果尚未有企业出资，那么就由他们公司解决书架的费用。

嘉兴的一批安利志愿者也在关注晚报的“爱心书架”行动，首期先送来500册图书，同时表示还可以承担一部分书架的费用。

位于市区吉杨路的悦读书房的朱女士说，她先生参与了一个基金会，愿意赞助书架的费用，如果书架已经有人捐赠了，他们就捐赠图书，将在第二天送到报社来。

……

到2012年6月15日，一捆捆，一袋袋，由热心读者捐赠的爱心书籍已经“占领”了晚报热线接线员办公室的“半壁江山”。

嘉兴学院“溢满湘西”大学生志愿者团队给晚报打来电话，希望成为给爱心书籍分类的志愿者。电话里，大学生们这样说：“爱心是没有地域分别的。”嘉兴学院“溢满湘西”大学生志愿者团队的学生说，他们很乐意为新居民孩子分类书籍，“我们希望书籍能够成为孩子一生心灵安宁的住所，希望他们长大能够读书明理，让阅读成为孩子一生享用不尽的财富。”

从2012年寒假后的新学期开始，我们的这场活动，从春天走到了夏天，我和同事张超柱，跟随爱心单位联系的小卡车，根据当年嘉兴市本级16所新居民子女学校的学生人数和规模，把图书和爱心书架归类分配好，开进每一所学校，送进各个教室。

江南的初夏经常飘着凉爽的细雨，此刻回忆，头发上就似乎有了小水珠，我和柱子（同事们对张超柱的昵称）似乎还在一起搬运着书架走在各所学校的楼道上。

那是属于我的激情燃烧的岁月。通过晚报，十多年前，我曾这样为经开区作出过属于我的奉献。

想起这些事，牵挂那些人，而 30 岁的经开区，将迎来更多心怀梦想的他乡人，也将有更多心怀梦想的媒体人，见证和记录他铿锵的脚步！

我，谨以此文，送上真诚的祝福！

作者简介

沈爱君，2000 年 11 月进嘉报集团工作，《南湖晚报》多年教育和文化记者，中国民盟盟员，政协嘉兴市七、八、九届政协委员，目前为南湖晚报教育工作室主任，南湖晚报教育直播室【嘉有儿女】策划人和主持人。

别了！“小香港”

——从“长新蝶变”感受嘉兴经开区三十年风华

王卫国

春末夏初，徜徉在几乎可以“席地而坐”的翠柳路，人行道上满目苍翠，令人心旷神怡，马路两侧住宅林立，小区内移步换景，美不胜收，孩子老人嬉戏聊天，好一幅岁月静好的安居乐业图。

这里是嘉兴经开区城南街道长新社区。然而，20 多年前，曾经的长新村是怎样的一番景象呢？

这里曾被称为“小香港”

出嘉兴市区往北进入 07 省道，在王江泾镇双桥村道口，有个被人们称为“喇叭口”的地方，那里曾经是秀洲区外来人口高度集聚的区域，环境脏乱差，治安问题多。因多次发生涉毒案件，因此“喇叭口”区域又被人们戏称为“金三角”。

而长新村，当时是嘉兴市本级规模最大的城中村，2005 年，常住人口约 2000 人，而外来流动人口超过 23000 人，村里违章搭建多，治安情况复杂，生活环境乌烟瘴气，基础设施薄弱，不大的村子竟有 20 多个废品收购站、140 多家杂货店，绝大部分系无证经营。全村寥寥无几的简陋公厕，已难以承载超重的人口负荷。长新村通往市区的道路是一条只有四五米宽的机耕路，每天清晨，出门打工的人们，骑着自行车、电动车、摩托车像蚂蚁一样你争我抢赶着出门上班上学，交通事故无日不有；一到晚上，机耕路上黑灯瞎火，夜幕降临，女士都不敢单独出行，因为这一带抢劫、盗窃案时有发生。

当年，香港警匪片中油麻地等区域城中村拥挤、环境脏乱不堪，表面繁荣的背后，集所有丑陋、落后的社会现象于一处，这与当年的长新村颇为相像，于是，茶余饭后，人们给长新村取了一个让人五味杂陈却十分形象的别名——“小香港”。

查阅档案，2005 年 7 月至 8 月，《嘉兴日报》曾连续刊发长新村环境脏乱差、商户无照经营、治安问题突出的报道，引发社会各界关注，“小香港”这个“绰号”不胫而走。

巨资打造新村景，告别脏乱臭

“长新村，垃圾村，又脏又臭熏死人。”这是曾经流行在长新村的一句顺口溜。从 2005 年起，面对群众关切，契合可持续发展的理念，嘉兴经开区、城南街道痛下决心，要彻底改变长新村面貌。

当年5月，首期投入近250万元用于环境治理，村里面貌有了转机。

在此之前，长新村有两个临时农贸市场。半年过去后，人们发现，昔日用竹竿、石棉瓦搭建的简易农贸市场已不复存在。一名来自四川安岳的肉摊主高兴地向前去采访的记者说出了心里话："以前这里破烂不堪，搭建的简易棚也很危险，现在宽敞干净多了，做起生意来心情也舒畅！"他的营业执照是当年11月5日审批下来的。"以前摊位费每月170元，新的市场建好后还是这个价，有了执照买东西的人也多了，生意也好多了，感谢政府！"

据了解，当年8月村里投入47万元对两个农贸市场进行了改建，嘉兴经济开发区工商、卫生、城管等部门联合对乱设摊、乱停放、无照经营进行了整治，并建立了常态化管理机制，村民买食品更放心了。

村里，以往路面占道经营、车辆乱停放的现象大为改观。说起交通，长新村通往嘉兴火车站的31路公交车司机褚小强时常会发出感慨："以前这里堵车特别严重，路上全是摆地摊的，现在畅通多了！"

庞大的人口基数，庞大的消费群体会产生大量的垃圾。人们看到，村里道路全部实现了硬化，昔日垃圾沿路堆放、河道垃圾淤积的现象渐渐绝迹。村里实行垃圾统一收集统一处理，18个保洁员，负责全村简易厕所打扫以及道路清洁、垃圾回收工作。“以前村里到处是垃圾、粪便，整个村子臭烘烘的，成立保洁队后，我们虽然累点，但村子越来越干净。”保洁员们说。

说起长新村的前世今生，长新村（社区）原党支部书记于建荣的感受最为深刻，也最有发言权，他是长新村人，更是“长新蝶变”的筹划者、参与者和见证者。

“若要富，先通路。”老于印象最深的是，进出长新村的主要道路拓宽的同时，还实现了支路通组达户，掀起的“厕所革命”，简易公厕就建了111座，垃圾集中清理机制同时确立，环境卫生大为改观；原来长新村不通公交，在他的多方协调奔走和市公交公司的大力支持下，开往火车站的31路公交车终于开通，结束了长新村与外界不通公交的历史，许多人上下班选择了公交，公交更成了村里孩子上学、老人到三甲医院看病的好选择。

城市发展给长新村带来新生

在长新村历史上，2007年是一个值得纪念的年度。

这一年，嘉兴经开区启动长新公寓一期建设，真正掀开了长新巨变新篇章。一期工程建设耗时 5 年，总投入约 8.2 亿元，4700 余套、约 52 万平方米的精品安置房，让长新村脱胎换骨，浴火重生。

新房建到哪里，道路和公建就延伸到哪里！君不见，长水路、由拳路、新城南路等城市主干道在这里陆续贯通，嘉兴市第一医院、嘉兴经开一中实验学校、嘉兴学院附属实验幼儿园等公共配套在这里相继投入使用，莫奈花园、望湖公馆、姚家荡公园等精品住宅小区和公园在这里如雨后春笋般展现，吸引着全市人民艳羡的目光……

如今，随着城市重心的东进南移，长新社区渐已成为城市中心地带。

生活环境的变迁，也带来居民日常生活习惯的蜕变。

每天，吃过晚饭出门锻炼前，家住长新公寓的居民都会不约而同地把家里的生活垃圾顺便拎下楼。“绿色桶是丢厨房的餐厨垃圾的，灰色的桶是其他垃圾。”74 岁的李福林是一位草根文艺爱好者，一把二胡拉得相当出色。他已习惯成自然，出门和老伙伴们切磋前，总会把两袋垃圾放进不同颜色的垃圾桶。现在，垃圾分类已经覆盖长新社区 8000 多户居民和所有小区，实现了垃圾智能化投放全覆盖，共建美好文明新家园已成为居民的广泛共识。

一个村落的前世今生，寓意着一座城市的迭代升级。

长新社区从嘉兴市本级规模最大的“城中村”，蝶变为一块优美的宜居宝地，推动了居民生活的幸福小康指数；从农村居民变身社区居民，由原来的分散居住变为社区集中居住，不仅居住条件、卫生条件从根本上得到改善，现代城市的便利生活和社会保障也得以享受，人们的获得感、幸福感更加充分。

“其作始也简，其将毕也必巨。”长新巨变，是嘉兴经开区30年来蝶变跃升的一个缩影。

三十而立，未来大有可期！

作者简介

王卫国，嘉报集团《南湖晚报》记者。1986年参加工作，曾参与嘉兴经开区报道逾10年，编辑《开发区之声》专版逾3年。

拥抱南湖的新城区

项伟

嘉兴南湖，五百年烟雨风光，百年建党革命纪念地。三十年前，南湖边诞生了一个新的组织，嘉兴经济开发区。三十年，嘉兴经开区从一块牌子一个章，一班班勤劳的嘉兴人，像在一张白纸上描蓝图，靠智慧靠奋斗，建成一座新城区。三十年，嘉兴经开区环老城区呈带状自东北至西南发展，星星之火可以燎原，像一条月牙形的灯带，越来越宽广，越来越闪亮，拥抱着圣地南湖，为嘉兴添光溢彩。

千年热土

嘉兴，杭嘉湖平原，七千多年的文明史，一片蕴含马家浜文化的热土。耕种水稻，饲养猪羊，培育蚕茧，一派江南水乡风貌。公元初，嘉兴建城迈开了城市化的步伐，然而，这一步走得缓慢而悠久，从嘉兴县到嘉兴市，迈步 1700 年。

我第一次踏上这块土地，那年 12 岁，寄妈在嘉兴医院住院得到病友帮助，过年的时候，她要上门表示感谢。那年初三，寄爷寄妈带着我，从海宁乘火车到嘉兴，嘉兴的大妈接上我们，一起走机耕路穿小路，走了一个多小时到她的家，受到好客的招待。我记住了这个地方，叫塘汇。那时一片城郊农田，靠手工劳动的大农村。

“南巡讲话”，春风化雨，各地迈开了大发展的步伐。嘉兴，中国革命“红船”起航地，当仁不让，敢当排头兵。1992年，嘉兴经开区破壳而生，那个叫塘汇的地方挂牌动工。这个省级开发区，临沪杭和乍嘉苏两条高速公路，划了一个圈6.1平方公里，一片“处女地”。

那一年，嘉兴宣传部组织参观，那时我在海宁宣传部工作，讨论起开发区上马，当时各地都在筹划开发区，海宁在围垦区筹办农业开发区。介绍起嘉兴经开区，经历了曲折的筹办过程，早在1988年，嘉兴就准备建设经济开发区，学习参照厦门的做法。经过筹备，开发区创建方案出台，有省里的批文，占地面积1.2平方公里。然而刚启动就停了。所以这次是重新启动开发区建设。

开发区启动，随即拉开了开发建设的大幕。招商先筑路，于是在机耕路上，有了友谊路、北海路、振兴路、洪兴西路、东升西路、东方路。

嘉兴人动手就想大手笔，6.1平方公里太小了，三年后面积调整为9平方公里，第四年规划面积扩容为18平方公里。

这一年塘汇人成了开发区的人。

嘉兴经开区的头十年，是艰苦奋斗的十年，是茁壮成长的十年，发展迈上新台阶。2002 年，面积扩展为 69 平方公里。10 年间管辖面积扩大了 10 倍。嘉兴经开区开发建设，从零起步，快步发展，新区管辖范围得到稳定，东以沪杭铁路为界，北以北郊河为界，南至王店镇界，西至洪合镇界。管理城南、嘉北、塘汇三个街道。

2010 年，嘉兴经开区发展中不平凡的一年，一个里程碑。这一年，正式升格为国家级经济技术开发区。这一年，嘉兴高铁南站通车，嘉兴南站规划出台，面积 40 平方公里，随即国际商务区“横空出世”。这一年，嘉兴经济技术开发区，与新设立的省级嘉兴现代服务业集聚区和嘉兴国际商务区，三区合一，合署办公，这一决策，壮大了国家级经济技术开发区，成为全市发展的重要平台。

嘉兴经开区面积扩大，从 6.1 平方公里到 110 平方公里，18 年时间，管辖面积扩大了 18 倍。一个城市型开发区初现雏型，进入省产业发展大平台，发展开发区、国际商务区，构筑嘉兴现代服务业集聚区。

一片热土真正热了。

桩声催催

自从响起了第一声打桩声，嘉兴经开区的打桩声就此起彼伏，没有了停息的时间。作为一个大嘉兴人，经常来往于嘉兴海宁，穿梭于开发区的土地，随着打桩声声声不息，一项项工程开工建设，中国茧丝绸交易市场、嘉兴通讯大楼率先竣工。

嘉兴电视台新台启用，在嘉兴经开区。在新世纪的头年，我当时在媒体，作为同行去学习交流。当时觉得，虽然电视台有了宽阔的天地，但这块区域有点偏远，大楼三三二二，不完整的道路上，人影稀少，新区需要走的路还很长。

其实，我望见的开发区只是外表皮毛。这时的经开区，基础设施日渐完善，功能配套服务优先，招商企业动工投产。1993 年，嘉兴宜泰鞋业有限公司成立，引进了第一家企业，台商独资企业，投资 250 万美元。1996 年引进韩泰轮胎，韩国独资项目，总投资 1.2 亿美元，嘉兴市第一个超亿美元的外资项目。1998 年，嘉兴韩泰轮胎公司正式投产，举行隆重的投产仪式。

我有个朋友的女儿，她那年考大学，报考了韩语专业，一个小语种。她父女俩解释说，韩资企业到嘉兴来了，以后韩语用得着。这侧面说明嘉兴经开区的影响力。

嘉兴经开区进入全省五个重点开发区，这是前八年成绩显著的回报。进入新世纪，有了省里重点指导和培养扶持，建设速度更快了。

2005 年美国玛氏公司来了，它的产品德芙和士力架，中国人不会陌生。乐高、福田、荷美尔、莫林、米开朗来了，喜德瑞、沃尔夫、RPC、美卓、费尔兰、克劳斯玛菲也来了。

嘉兴经开区产业很快形成了“五子登科”，汽车零部件、化纤纺织、电子信息、精密机械和食品加工，五大制造业主导产业。

2009 年，已经吸引了 450 家企业前来投资，总投资 44 亿美元。以市本级 8% 的土地面积，创造了 20% 的财政收入。

搭好平台，引来“金凤凰”。2010 年以后，工业化与城市化“双轮驱动”，开创新的宏大事业。打造了嘉兴高铁新城、嘉兴先进制造业产业基地，这是两大产业发展主平台。打造了嘉兴智慧产业创新园、浙江中德（嘉兴）产业合作园、嘉兴马家浜健康食品小镇和嘉兴国际金融广场，这是四大专业平台。先进制造业、现代服务业发展和城市化发展同步跃进。专业市场、现代物流、科技金融、总部经济、软件研发等现代服务业全面发力。

在米开朗冰淇淋博物馆，意大利品牌与中国企业合作，打造大型生产基地，展示冰淇淋的文化、酷炫的科技设施，互动感受冰淇淋的历史。

在卓高泰，2019 年 6 月新材料项目奠基，从签约到奠基仅用时 3 个多月。惊叹嘉兴经开区项目推进的速度，高效的政务服务，优质的营商环境。

在采埃孚，2019 年 9 月，自动变速箱——传胜第 10 万台正式下线，成为采埃孚商用车变速箱全球最大的生产基地。

在汽车零部件生产基地，已拥有德国海拉、韩国韩泰、日本东海橡塑、日本合克萨斯、科博达工业等龙头企业近 30 家。

在经贸洽谈会，2021 年 10 月，举办第七届“携手共进、合作共赢”国际经贸洽谈会暨重大项目签约仪式，34 个项目签约，总投资 315 亿元。

时间三十年，嘉兴经开区成为外商投资区，已落户有日本日立、美国雅培、荷兰飞利浦、德国采埃孚等世界 500 强企业 38 家。世界 500 强“扎堆”，比邻而居，欧美外资项目争相投产。累计引进 680 家外商企业，超过 1000 万美元的项目 228 个，投资规模超亿美元的重大项目 30 个。

桩声催催，鼓舞着嘉兴经开区的奋斗者，敢闯敢干，再创新业绩。

高铁新城

呜轰共鸣，这是高铁飞速驶过的声音。可以说，沪杭高铁的开通，嘉兴南站的设立，为嘉兴经开区提供了宽广的舞台，一座高铁时代的现代新城正在崛起。

有了嘉兴南站，让我的出行多了一项选择，海宁到嘉兴高铁站只有30公里。记得第一次去乘高铁，走嘉海公路，穿蚂桥的小路，沿路田间地头，荒郊野岭，走错路，七问八问找着去。车站旁边一片荒地，只有高铁穿梭是亮丽的一幕，一片希望的田野。我后来开着车，绕着车站熟悉道路，然而原来熟悉的路，一变再变，像刘姥姥进大观园，摸不着门道。嘉绍高速开通后，海宁到嘉兴南站只需40分钟，我经常赶往嘉兴南站北上北京，看着渐渐耸起楼房、高楼。

一座嘉兴高铁新城，以高铁嘉兴南站为依托，以中央公园为骨架，北至中环南路，东至三环东路，西至沪杭铁路，嘉兴最为炙手可热的新平台。规划高端楼宇、高端酒店、高端商圈，集聚金融、咨询、会展、采购，驻扎商务机构和跨国公司区域总部，一个国际范的城市CBD。

这些年，依托建设高铁、轻轨、高速、高架的交通枢纽，打造“嘉兴虹桥”，实施“与沪杭同城”。

这些年，接轨大上海、融入长三角、面向全世界，做长三角一体化的示范区。

这些年，做城市建设的生力军，一座正在崛起的现代化品质之城，成为嘉兴最炙热的板块。

这些年，推进城乡一体化，做统筹城乡发展的典范，宜居宜业的城市新区正在日益完善。

嘉兴经开区，一盘棋越下越大，四个功能区鼎立，南面，国际商务区；西面，先进制造业产业基地、科教商贸综合区；北面，转型升级示范区。5 年投资 500 亿元，“一号工程”打造转型发展“示范区”。水路、景观、公共服务提升，教育、医疗、商贸配套，全方位改善人居环境。公园绿地，马家浜遗址公园、双溪公园、八字桥公园露新姿。

嘉兴经开区，国家级经济技术开发区的领头羊，表现优秀，2020 年，规模以上工业总产值 2710 亿元，出口总额 107 亿美元，进口总额 44.89 亿美元，财政收入 246 亿元，税收收入 312 亿元。

在 2021 年全国综合发展水平考核中列第 19 位，连续 8 年在全省考核中得银牌。荣誉多多，中国经济营商环境十大创新示范区、浙江省十佳开放平台、对外贸易十强开发区、利用外资十强开发区、浙江省美丽园区示范园区。

创业史诗，波澜壮阔，一座拥抱南湖的新城区已经崛起，品质嘉兴跃上新里程，这是对党的诞生地最好的奉献。

作者简介

项伟，海宁市人。新闻高级职称，浙江省作协会员，浙江省散文学会会员。作品散见于《人民日报》《光明日报》《浙江日报》《新民晚报》《钱江晚报》《北京文学》《浙江作家》《浙江散文》等几十家报刊。多部电影剧本获奖，获得浙江省电影剧本“凤凰奖”一等奖。

嘉兴经开区，我为你骄傲

俞富江

“1979年，那是一个春天，有一位老人在中国的南海边画了一个圈，神话般地崛起座座城，奇迹般地聚起座座金山……”这首优美动听的《春天的故事》，诉说的正是改变中国人命运的改革开放。改革开放不仅影响了南海边的深圳，也影响了东海之滨的历史名城——嘉兴，我可爱的家乡。

改革开放之前，这里虽然水运发达，京杭大运河、杭申航线、杭枫公路和沪杭铁路都经过市境，历史上嘉兴就是千年古城、运河明珠、革命圣地和文化之邦，但嘉兴经开区地处曾经的城市边缘，郊外却是一片寂静的荒野乡村，破旧的老房子。通往乡镇的全是七歪八扭的小路，一到下雨天路面就坑坑洼洼；家家户户住着破旧的低矮房，冬天还得依赖呛人的铜火炉取暖；去城区附近乡镇商店买东西，要走10多里的土路；过年了，孩子们唯一的乐趣就是东跑西蹿放小鞭炮，而大人们吃完年夜饭就要考虑来年的生计；谁家里要是买了一台12英寸黑白电视机就会成为村里的特大新闻，晚上聚集在他家里看电视的人很多……

时光静静地流淌，1978年12月18日至22日，这5天对这里正在劳动的村民来说，只不过意味着50个工分而已（当时，一个全劳动力每天挣10个工分，只值区区的五六毛钱），但是他们绝没有想到，正是这短短的5天，让他们和全中国人民一起走上了一条康庄大道。

一夜之间，“家庭联产承包责任制”拉开了中国改革开放的序幕，农村改革带来的希望在心底流淌、在劳动中萌发，文艺工作者的创作激情和灵感在希望的田野上点燃，歌曲在《希望的田野上》由此诞生。

然而更让他们没有想到的是，从1992年的那个秋天出发，嘉兴经开区始终不忘“人民给我一方土，我还人民一座城”的初心使命，一路探索，破浪前行，从偏居郊野的荒地，到繁华热闹的品质新城；从30年前6.1平方公里的省级经济开发区，扩大为110平方公里的国家级经济技术开发区；从一穷二白起步，到拥有680多家外资企业、38家世界500强的全国经济营商环境十大创新示范区……30年嘉兴经开区的足迹，成为我国改革开放的缩影。

嘉兴经开区成立30年来，随着经济社会的快速发展，人们的生活发生了翻天覆地的变化：如今，嘉兴经开区不断完善路网建设，区域整体道路交通环境实现了蝶变跃升，建成城市快速路网，主干路网形成，城区是宽阔的柏油路，人行道上铺着各色地面砖，路基边缘排水沟顺畅，下雨后也没有了泥土踪影；一座座多层、高层楼房拔地而起，建成大大小小的居民小区。小区内开花灌木成片，鲜花处处点缀，形成小而美的“口袋公园”，就像把公园“搬到”了自己家门口一样，让居民“推窗见绿、出门进园”变得“触手可及”。小区外面的公交车10分钟一趟，想去哪儿购物都很方便。家家户户都有了私家车，15万的不满意就买20万的，买一辆不够买两辆，越来越多的汽车给人们带来了极大方便。

现在的嘉兴经开区，不仅是一座宜居的新兴城市，更是一片投资的热土，吸引了全球的目光，一批批怀揣梦想的人在这里集聚。玛氏、雅培、荷美尔、乐高、飞利浦、松下、采埃孚等外资企业先后落户，携手共进、合作共赢。在政府的全力呵护下，经开区不断更新软硬件环境，全国经济营商环境十大创新示范区实至名归。如信创电梯产业园项目2019年8月签约落户嘉兴经开区，总投资近12亿元，达产后年销售额不低于50亿元。该项目投资方西子国际是中国民营企业500强、制造业500强，曾获浙江省政府质量奖，旗下速捷电梯为全国电梯十佳知名品牌。落户嘉兴经开区后，项目建设快，从签约到开工用时仅3个月，充分展现了“早一天也好”的经开速度；投产见效快，一期2022年投产，预计当年产值可达近20亿元。同时，信创电梯产业园项目的集生产、研发、办公、休闲于一体的综合性厂区从设计到建设都体现了高标准、高要求、高质量，营造了一个富有活力和未来感的工业园区。

这片昔日的郊区，现在产业集聚，嘉兴经开区不断优化产业结构，目前已形成了汽车零部件、化纤纺织、电子信息、精密机械和食品加工等五大制造业主导产业，并呈现出先进制造业、现代服务业和高新技术产业协同发展的态势。面对数字化改革的浪潮，嘉兴经开区税务局逐个解决网络不联通、系统不贯通、数据不汇通等问题，通过后台改造升级，打破系统间壁垒，打造出集智慧导流、智慧办税、智慧沟通于一体的智慧办税服务厅，不断推进无形、无感、无界办税，从预约到最终办税之间，层层引导纳税人网上办、自助办、智慧办，使"纳税不见面、沟通零距离、服务不打折"成为现实。蓬勃兴起的数字经济让经开区呈现出另一番生机勃勃的景象：一座座智慧工厂和无人车间被投入使用，越来越多的数字化设备正在逐步代替人工；一批批智能制造产品，从这里运送出去，发给全球各个合作伙伴……

如今，大数据、人工智能、云计算……一连串有关数字产业的热词都能在嘉兴经开区内找到代表性企业。越来越多的传统企业开启了数字化转型之路，发出了一个个关于"智造"的新音符。与此同时，借助"互联网+"东风，新兴产业正在不断崛起，集聚了一批具有国内、国际竞争力的互联网及信息技术企业。透过不断跃升的数据，我们看到，一条以“数字经济”命名的上行线，正在不断延伸，一座现代化科技新城正在加速崛起。

30年风云际会，30年沧海桑田，从曾经的城市边缘到如今的C位出道，从过去的工业园区到现在的品质新城，嘉兴经开区始终牢记时代赋予的使命——先行先试、改革创新。在这一理念引领下，嘉兴经开区创造了有目共睹的发展业绩——全省国家级开发区考证8年稳居第二，并以最高分获评全省美丽园区。

温故知新，启程未来。嘉兴经开区党工委、管委会创办30周年诗文活动以达到鉴往知来的效果：巨变30年，用一个个经开区人的故事展现嘉兴改革开放的成就，激励全市人民埋头苦干，用奋斗创造幸福；“继往开来”，展示经开区发展成就，激励广大党员干部继续撸起袖子加油干；回顾经开区30年发展足迹，激励全市上下进一步解放思想，敢闯敢试敢为人先；讲述经开区30年一个个干事创业、追逐梦想的故事，激励创业者、投资者们抓住新时代机遇，共建共享美好新嘉兴。

蝶变中蕴含着磅礴动能，发展中涌动着奔流不息。站上“十四五”和“第二个一百年”的新征程，以阳光雨露暖心呵护新兴产业和新生力量的茁壮成长，嘉兴经开区必将成为长三角一体化壮阔蓝图和G60科创走廊上的一颗光彩明珠。

嘉兴经开区，我为你骄傲!

作者简介

俞富江，男，汉族，1959年7月出生，原桐乡市史志办副主任，2019年退休。现正在参与桐乡市《梧桐街道志》编修，为桐乡市作家协会会员。多年来，一直注重地方志工作的学习研究，每年都有10多篇论文在省级以上地方志刊物上发表。

那片，姚家荡的花海……

邹惠

自从父亲突发意外大病一场之后，全家人的精气神仿佛都被打击了，疲于奔命的我也逐渐变得对周遭的一切缺乏信心，内心变得毫无波澜。我想那个时期一定是我人生中最黑暗的阶段，父亲连续住院一年零两个月，辗转于各大医院的神经外科和康复科，最后也只落得瘫痪卧床，一个医生眼里最好的结果。我们全家陪着他，在求医问药的路上疲于奔命，耗尽人力、物力、财力、心力。我也终于理解了辛弃疾“而今识尽愁滋味，欲说还休，欲说还休，却道天凉好个秋”的无限惆怅。

那天的时节是晚春，但那天的天气却是少有的阴凉暗淡，一如我那天的心情，阴郁沉重。我骑着我那辆新买的自行车，沿着嘉兴绿道漫无目的地骑行锻炼，也不知道骑行了多久，抬眼间，竟误入一片花海，眼见满目的娇艳花朵，我却无心欣赏，于是我掉头按新的路线重新骑行。许是对这段路不是很熟悉，许是天意，兜兜转转间居然又误入那片花海，眼前姹紫嫣红，让人浑然忘记了忧愁。

我转来转去总是在它周围，总离不开那一片艳丽夺目，我想，许是我与这里有缘分吧，于是索性停车下来步行。

走着走着，看到了“姚家荡”的字眼，我才知道这里是位于嘉兴市经济开发区的姚家荡，而这片花海也就是颇有美名的姚家荡花海。漫步于姚家荡花海，50000平方米的“梦幻紫”柳叶马鞭草让人如临梦中，是最吸引我的所在；还有红艳艳的大花海棠，让人感受到这世界的热情奔放；还有形状特别的彩叶草；还有各种我一时之间叫不出名字的各种花朵争相绽放，红色的、黄色的、紫色的、甚至彩色的，举目望去，千姿百态，微风吹来，摇曳生姿，令人惊叹不已……

心随境转，我信步走进花海。一片片柳叶马鞭草将大地铺满紫色，漫步其中，如画美景令人陶醉。花海以“休闲、亲子”为功能定位，突出“浪漫”的主题，在品种选择上大面积选用柳叶马鞭草，以“紫色”为主色调，全境萦绕着温情、浪漫的休闲氛围。

我闲闲地游走，感觉心旷神怡，恍然间，又遇见大片大片的郁金香花海。

我心念，这片郁金香花海，想必是在等我吧，等待我来临，等待我一扫积郁，如花绽放。要不然，怎么连郁金香花海边的杂草也茂盛得自由自在。

庄子在《逍遥游》中如是说：“至人无己，神人无功，圣人无名。”天地万物，人间琐事，能困扰人心的事物实在是太多了，所以人应当不受任何束缚，自由自在，才能清简内心，从容生活。

让往昔归零，才能获得重新出发的力量，大概，我一直是在庸人自扰而已。

所以，那片，姚家荡的花海出现得恰如其分，想必我是该来了。

彼时，太阳竟钻出乌云，刹那间暖阳徐徐，云破日出，在四射的艳阳暖光中，一个人更容易看到希望，也更容易看清自己的内心。

在我人生失意之时，姚家荡的这一片花海，更像是上天的苦心安排。

到处都是生机勃勃的繁花景象，到处都是花朵怒放的声音，到处都是草木竞相生长弄出的热烈又略带嘈杂的声响。

这样的热烈，我何以辜负？!

转角间，见一个弧形花廊，有一位玉树临风的少年郎，伫立在那个花廊下，正埋首书卷，我想，这里一定是有着某种书香气息的，否则，为何如花的少年郎手捧书本如痴如醉。

我安静地驻足，本来是想待一会儿就走，却待到了黄昏时分。我索性找了一个地方默坐，去观赏去思考，去窥看自己的心灵。

人生不如意十之八九，一个人，能从消极颓废到积极进取；

一个城市一个区域，也可以从偏居郊野的荒地蜕变成繁华热闹的品质新城，这同样都是凤凰涅槃般的蜕变。嘉兴市经济开发区从批准设立至今 30 年，三十而立，从诞生到成长突围到如今的繁荣，不断蜕变。而我的人生，也是蜕变的过程，成长总是伴随着疼痛，生命总是在疼痛中顿悟。

所谓信心比黄金贵！我想，姚家荡一定是我的福地，她就像一个能给我力量和勇气的女神，知我忧解我愁，助我振作，重新拥有展翅高飞的信心和力量。

那片，姚家荡的花海启迪了我的心智，我相信，她也一定能开悟你的生命。如果你想找回曾经失落的信念，和那份年少的意气风发，请来姚家荡吧。这里一定能找到属于你的光荣与梦想，筚路蓝缕、乘风破浪。

作者简介

邹惠，笔名紫茉，80 后天蝎座女子，浙江平湖人，现居南湖区。浙江省散文学会、嘉兴市作家协会、嘉兴市网络作家协会、秀洲区作家协会会员；曾为高中语文教师，创作体裁涉及散文、小说、诗歌和文艺评论，作品多次在全国、省、市各类比赛中获奖或发表，曾发表一部 50 万字的长篇小说。

水与家

周米

并非土生土长的嘉兴人，2004 年大学毕业的时候，我父亲与人合伙承包了一个工程在运河上挖泥，我来看他，那是我第一次来嘉兴。没有太多的印象，只记得两件事，一是买了几只五芳斋的粽子带回去了，二是我爱看杂书，知道有家范笑我开的秀州书局，特地跑去逛了逛。至于这个城市如何，完全模糊了，硬想的话，大概只剩下“不太摩登”这几个字。那时候，应该怎么也预料不到，十年后我会在博士毕业的时候来嘉兴工作。

2014 年二度来嘉，是六七月，天气挺热，从老火车站坐 19 路公交到新单位面试，沿途所见，依旧并不“摩登”，几乎看不到几栋洋溢着现代都市气息的亮堂堂的高楼，与因念书而待了好几年的上海相比，尤其能体会到之间的“落差”。不过却并不觉得失望，反而莫名有种亲切的感觉，所经过的那些小区和建筑，不给你任何排挤和压迫，墙壁和玻璃的反光是柔和的。市区的道路虽不甚宽敞，但整洁，绿荫多，清凉得很。看着这些从容闪过的景色，我因去面试而多少有些忐忑的心情得到了很好的缓解。

2016年，我在城南姚家荡旁购置了人生第一套房子，并赶在了这一年的最后一天，同时也是市区三环路以内还能燃放烟花爆竹的最后一天搬进了新家。那一天跑了附近好几个超市，才在菜场一处角落的小店里找到一挂鞭炮。在噼里啪啦的鞭炮声中，算是真正地安家了，从此把自己看作了一名新嘉兴人，给朋友送礼物，首选嘉兴粽子，在别人面前，会大谈“我们南湖”。嘉兴不再是印象，而是实实在在的生活。这几年，住在城南，感受和见证了在嘉兴生活的诸多变化。如果借用作家梁鸿一本书的书名《中国在梁庄》，完全可以说，“嘉兴在城南”或者“嘉兴在经开区”，因为城南、经开的变化真实地代表着嘉兴的发展成绩。

还记得，刚搬进新房子的时候，不仅小区显得空荡，日间除了听到此起彼伏的装修声，楼下见不到几个行人，姚家荡这一片同样空荡，岳父岳母来看我们，边上没有餐馆可以招待他们。想去逛逛街，最近的是2016年1月开业、位于中山路上的八佰伴。家里养了两只狗，晚上想遛遛狗，随便散散步，周边的道路有些黑乎乎的，不怎么有信心往前探索，往往只在小区里走走了事。姚家荡公园也不怎么能吸引人过去，到了晚上，更显冷清，就更不愿意去了。虽然说是在姚家荡边上，站在阳台上就能眺望到，但总感觉像是隔了好一段距离。当然，空旷有空旷的好处，凭栏望，近水远田，一览无余，视野极开阔。当初选择安居于此，这样的景致，也是主要的考量。

在嘉兴，原本就不追求大都市的光怪陆离，主要就图一个便利舒适，在这点上，我感觉嘉兴已经竭尽所能。基本日常所需，亲民的衣食住行品牌，都能触手可及。只要把电瓶车充好电，可以绕着主城区转几圈。有了私家车，停车也方便，要不是这几年各个地方在修路，拥堵的时间很少。对于在上海生活了好几年的人而言，这已经能算幸福了。《蜗居》里，海萍对妹妹海藻说："你家有大型博物馆吗？你家有音乐会吗？你家有伊势丹吗？你家有东方明珠塔吗？"以此来证明自己选择上海的正确性并劝说妹妹，但看完了姐妹二人的经历，不少人都会有这样的疑问，像萍、藻一样的普通人，大型博物馆、音乐会、伊势丹、东方明珠塔真是自己家的吗？这里并不是否定普通人想在上海安家的可能和意义，我的同学中有不少已经在上海安了家，实现了自己的梦想，但大城市居不易，压力肯定更大一些，适合心更大的人。像我这种"半佛系"的人，嘉兴才更有家的感觉。南湖、月河、子城、姚家荡，那就是自己家的，外地的亲戚朋友来，总要带他们去看看这些地方，就像总要带他们参观下新房子的主卧、次卧与书房一样自然。如果看腻了，想换换口味，登一登东方明珠塔，游一游西湖，也方便得很，高铁还是自驾，都随你。半天一个来回，足够了。

这几年嘉兴的变化，尤其是城南这里，在我看来，就是尽力向宜居打造。怕这片儿的居民逛三公里外的八佰伴嫌远，就引入了银泰集团，促成了“YINTAI PLACE”购物中心在2018年11月的顺利开业（2020年9月由八佰伴接手，改名为八佰伴华府店）；怕去市图书馆借书还书看书还是有些不便，干脆在城南开设一家分馆，地址就在华府广场对面的紫御大厦；怕分馆还是不能满足居民抬抬脚就能阅读的需求，又下设了三家智慧书房，让书香飘到家门口；怕有人像我一样频繁穿越马路、绕来绕去到姚家荡公园感觉麻烦，于是修出了一条姚家荡绿道……总之，就是把能想到的美好尽量送到家门口，让小家和大家无缝衔接，虽移步换景，但进退都是在家中。

姚家荡绿道真是太美好了，是这几年周边的变化中最令人心旷神怡的。2019年10月开工的时候，还不清楚要做什么，等到2020年8月在疫情期间竣工的时候，突然就有一种这一片区域被大神通施了魔法的错觉。这是疫情期间最让人欣喜的亮色。绿道“全线环通，遇桥下穿、遇河搭桥，市民走完一圈完全不用走市政道路”，这就像把周边的珍珠串成了珍珠项链，而珍珠项链的吊坠则是姚家荡公园。各种元素、景色，通过市民的行走，从一幅幅静态而独立的相片，变成了相互呼应的动态电影，同时让这串珍珠项链变得流光溢彩。我喜欢晚上八九点钟和爱人牵着狗走在这条路上，到姚家荡公园绕一圈，在河边坐一会儿，等九点半灯光秀结束了再回去，季节合适兴致高的时候还会去更远一点的花海深处。一路上，看健走的、跑步的、钓鱼的、拍照的、休憩的和嬉闹的，这样的生活虽平淡与平常，却充盈、不倦。

绿道这种“全线环通”的特点，真是可圈可点，它永远给你有路可走的感觉，而且无论怎么走，或者走向一个风景绝佳之地，或者走在回家的路上，或者期盼，或者心安。绿道把家和公园串了起来，压缩了彼此的距离。绿道沿线护岸均采用缓坡入水的设计，更是神来之笔。嘉兴“九水连心”，水是嘉兴的活力与灵魂，所谓的“禾城”别称与“鱼米之乡”美誉，归根到底还是因水而来。水以及由水引申的桥、船、人家，都是江南文化的核心意象，水最能滋润人心，柔软而有温度。护岸缓坡入水的设计，是人与水之间的界限破除，可以让人零距离地感受着水的动与静。陈从周在《说园》中说，“园有静观、动观之分”，“何谓静观，就是园中予游者多驻足的观赏点；动观就是要有较长的游览线”，按此说法，姚家荡绿道，给人以双重的静观与动观，绿道本身就是较长的游览线，亲水的设计又把流水邀请进了这条游览线中，而无论是路边园内的长椅还是直接坐于水边涉水濯足，则看景玩水两相宜。

亲水的地方，和风细雨，是细腻的，温婉的，周到的，也是亲民的。她看重的是家园文化，难怪能想到把这么多美好的服务，都尽量往家门口送。作为城市，虽不是那么的“摩登”，却富庶，而且是大家一起富庶，富庶了而不张扬，而是用粽香把自己包裹起来，散发着柔和而诱人的亲切。或许这才是“城市让生活更美好”的真义。

作者简介

周米，原名周敏，男，生于1982年3月，安徽铜陵人，现居浙江嘉兴。嘉兴市文艺评论家协会理事，杭州师范大学副教授。

那时烟雨

马腾飞

挤了一路的绿皮火车，带着满身的疲惫和惺忪的睡眼，突然很任性地想着先在这里停一站。于是，带着不多的行李，我在这里下车了——嘉兴。从江苏过来，也没想清楚为什么，或许只是好久没有坐长途，感觉太累，想好好睡个觉，或许是因为看了一下站名，看到嘉兴这个名字的时候突然想起了些什么。那些计划，随它去吧，先在这里做个好梦，挖掘点美食，玩一圈再说。这是我初次到嘉兴时的情形，这一幕，已经是十年之前。

那时正是初秋，夜里记不得是几点，不是三点就是四点，好巧不巧，老城酣眠在细雨中，整个江南似乎都被一片烟云笼罩着。我走出车站不远，就遇到一家小吃店，原先想着先找住宿之处，看到吃的，突然感觉腹中一阵饥饿。店家听我口音是外地人，就推荐了当地的粽子，我心里一阵好奇：时已入秋，又不是端午节，怎么会有粽子，这是什么情况，不妨尝一个看看到底有什么名堂。服务员剥给我两只有色有型、沉甸甸的粽子，我迫不及待地咬了下去，鲜香盈口，果然不负期待，粽子的软糯把握得刚刚好，入口即化又不至于过分软烂，舌尖贴着齿尖，浓郁肉香里带着恰到好处的甜。后来我也吃过一些嘉兴的美食，但都记不清了，只有粽子的味道让我记忆如新，这是嘉兴给我的第一道美食记忆。

在酒店酣眠到第二天，睡至晌午，听着窗外依然下着雨，我扒拉开窗帘，户外梧桐滴翠，水道回环，细细打量，老街的古朴与沉静伴着阴雨的缠绵，朦胧而轻柔。我迫不及待地想走上街去——我当然是喜欢雨的，也喜欢在雨中独自徜徉的节奏，似乎除了雨声，这烟雨朦胧的世界再无其他聒噪和嘈杂。在江南，大概没有比嘉兴更宜雨的城市了。远眺天色氤氲，河岸拂柳，时有舟子撑船而过，真有点古画上"云里烟村雨里滩"的意境。我买了把轻伞，赶紧把自己丢入这幅宋人意境般的古画中。

我走在石板铺成的长廊上，看着船只在河道中轻轻地游荡着，买一枝莲子剥着，不紧不慢地走着。我看着河两边被雨淋湿的屋檐，古巷中也似乎散发着离人的忧愁，脚步也不觉放慢了下来。忽然注意到那一株挺立在瓦沟里的野草，伴着禾城酒肆中隐隐透出的清香，心底生出一股写诗的冲动，不用说，这就是旅人的心绪了。不必期待什么，就这样一个人安静地走走看看就挺好。

第二次到嘉兴，此时的我已经是来参加工作面试。很多事物都变了，但不变的依然是雨季。听闻当地有著名的马家浜文化博物馆，对于我这种“佞古”者来说，这样的去处当然不可错过。先前对江南文化之源，我还停留在泰伯虞仲、吴越交兵的史书记录上。但到了这里，才发现这里居然蕴藏着七千多年前的古老文明，见证了中华文明更为久远的记忆。隔着玻璃柜，仿佛经历了一次穿越，可以深刻地感受到来自远古部落那古老的智慧。洪荒与玄黄，神话与传说，凝聚成了无声的石器和陶器，我仿佛聆听到了先人呼吸，回想那古人的聚落和村寨。这里的每一件文物都告诉我们，我们的祖先早已在江南这片沃土上繁衍生息，代代相传。是他们把文明的火种向后代传递。

然而时间总是很快，我不得不在当晚选择继续出发，突然的驻足，却有了意想不到的收获，走的时候才发现不愿离开。南湖的红船未看，烟雨楼也没有参观，子城的风采不曾领略，乌镇那被岁月浸泡过的凝重和深沉也没来得及去触摸，错过了端午节，没有赶上戏剧节，还想参加汉服节，尚未触摸凤桥竹刻的细腻，也不曾听过海盐腔，硖石灯彩，平湖琵琶……带走的也未必都是遗憾，而是一次又一次的感动与希冀，也有了后来的际遇。

而今我已经是在嘉兴工作了数年，算是半个“经开人”了。为了弥补遗憾，我不再是毫无准备而随遇而安地停留，而是用足迹丈量了曾经想去的每一寸土地。发展的际遇、时代的速度已经奔赴到这座江南古城，整座城市的面貌焕然一新，这一切都变了，仿佛在向路过这里的世人诉说着嘉兴人的勤劳和开拓，告诉人们这是一座充满生机的城市。

当这一年的雨季，我重新走在了街道上，热闹而端庄秀丽的新城区被这淅淅沥沥的秋雨冲洗得格外清新，这端高楼林立，清净非常，和梧桐槎牙、房屋古朴的老街相映成趣。雨天的新城区，游人大概比天晴时少了些许，对于喜欢清静的我来说，自然再好不过。这里绿草如茵，街道整洁，飞驰的车辆呼啸而过，新建的楼群高傲地昂着头颅。历史积淀并未被喧闹的商业稀释，而新城背靠着老城，拥抱着未来，和老城诉说着百年大计，也让人们看到了不一样的光景。

这是京杭大运河经过的古城，千载以下始终有着勃勃的生机，在没有喧嚣的一角快速成长，一切都欣欣向荣，充满希望。马家浜文化古老的智慧在这里沉淀，在绵长的岁月中，这里保持着自己的节奏，悄然崛起，用自己惊人的速度，给了路过她的人们一抹惊艳的神采。但是，在烟雨中浸润的古城，骨子里依然是千年传承下的安定和从容，她崇雅尚文的气质没有变，智慧精进的追求没有变，她依然是那样清秀而容光焕发，她腹有诗书、落落大方，还是那样的让人魂牵梦萦。这座古城是热情的，也是柔软的，是开放的，也是包容的，她底蕴深厚却不固滞呆板，她迎客四方而不迷失自我，追求发展，汲取精华，保留着坚毅的魂魄。

作者简介

马腾飞，1989年生，江苏东台人，毕业于苏州大学文学院，古典文学博士，现任教于嘉兴学院中文系，研究方向为古典诗词、江南文化、地域文学。

宜居之地

张嫣

在没有搬到新家之前，从来没有想过，有一天我就这样看了一晚上的月亮。那个八月半，我追逐着月升的轨迹 ，从东窗到南边的第一间、第二间窗户，再然后是从客厅阳台到书房，欣喜地沐浴在如水的月色中。卧在靠窗的榻榻米上，只要睁眼，就能看到皎洁的月白，在纯净的夜空中灼灼发亮。整个天空没有一丝云朵，只有月色和三两颗闪烁的星斗，窗台上的小盆栽被月光映照出一层柔白的光辉来，而那些家具、器物、书本、甚至是桌布上的花卉在月光下也有着一种浅淡而又细致的光泽。满月的清辉浸润着周遭的一切，在月光下满足而眠。夜极静，也很长，以至于我总是舍不得睡沉，时睡时醒，观望着明月渐渐西移，直到瑰丽的烟霞流云席卷了黎明的长空，如此的云影和天光是多么令人沉醉。

我的家位于城市的东南，隔着一条马路便是植物园。我喜欢站在十四层的阳台上举目远望，视觉上的舒展，仿佛眼睛可以望到无穷的远方。西南边是植物园郁郁葱葱的香樟和远处的田野拱卫着的优美起伏的槜李桥。晴天，坐在阳台上，看大朵大朵棉白的云爬上楼顶；雨天，趴在窗台，看白鹭振翅飞过眼底，我爱它优雅自由的飞翔；春日里，三两场绵密的细雨过后，低处的烟柳和青草一日胜一日地蓬勃；秋冬之晨，你甚至可以在阳台上目睹槜李桥南侧的田野是如何被薄雾笼罩、席卷和慢慢退却的。而这一切，无不是以植物园盛大的青绿作为底色的。

当然，我最迷恋的还是植物园里的芳香，混合着青草、香樟、玉兰、松果等等碰触融合后的香气，层层叠叠地翻腾，但又不至于令人头昏脑胀，只觉得清香弥漫四周，如甘泉一样提神醒脑，沁人心脾，进入身体感官的每一个细胞，轻盈而又愉悦。有时候在书房看书或写字久了，抬脚几步就到了植物园，好像就在我眼皮子底下，樱花密密匝匝起来，郁金香开了，海棠醒了，玫瑰园里铺满了深红浅红的花朵，白色牡丹也到了花期，鸟群就在树林间吵吵嚷嚷起来，世界活色生香。渐渐我知道花季的先后顺序，知道它们开在何处，目睹密林中香樟在春日里的第一次飘零。说起香樟，真的是顶顶爱它，那片密林经过这么多年的成长，茂密而幽静，我时常在那里徘徊，在悠远的香气中想象往日远足山川的自由。冬天，待到太阳升起来的时候，约上一个好友，沐浴着阳光奔跑，暖暖的，时常一不小心就会出了植物园的北门穿过长水路，沿着中央公园的跑道直抵中环南路。

槜李桥下海盐塘畔的草地，如今又是我们新觅到的一个去处，长长的河岸，青草铺陈，绿树掩映，紫色的马鞭草轰轰烈烈地开着，晴空万里，飘荡着孩童趁着东风高高放起的纸鸢。垂钓者三三两两，一家三口在湖中央笨拙地划着小艇，湖边又支起了大阳伞，打开户外座椅，铺开茶席，脚踏车在风中轻快地飞奔，这便是快活的时光。

一个舒适完美的居住地，环境优雅与交通便捷是我以为的缺一不可的要素。

向北，从长水路折上快速路，自东向西都缩短了距离。整个夏天里，我以不到十分钟的车程，便能与好友相约在姚家荡享受环湖夜跑的畅快。夏日的风，从湖面吹来，轻抚了运动后的灼热，在湖边小憩，闲聊或者看夜里的荷以及城市在湖中的倒影，好不惬意。冬天，就会跟着辉在每周末的夜里驱车十分钟去往位于城南的姐姐家里叙旧谈天，那时在杭州工作的年轻一代也会回家度周末，中年与青年，亦能时不时擦出思想的火花来。

向南，左边是高铁，右边是高速路，它们都是这个城市四通八达去往更远的远方的起点，也是归程。有时候五点还在单位上班，两个半小时之后会端坐在杭州的音乐会场，安静聆听一场古琴雅集。十点的时候我和杭州的友人在高铁站话别，一个半小时之后，我们差不多同时返家。如果坐家门口的公交车，几首歌的距离便到了高铁南站，跳上到沪的动车，看一场展览刚刚好。有时候，因为热爱，同一个展也会多次前往，那些难得一见的国之宝藏，似乎也被缩短了时空的距离。

我是个喜欢闲散四处的人，如今，越发便利了。临时起意，约上好友，对方也不过三十分钟车程就能从另一个城市赶来会合。即使不走高速，向南向东三十分钟内可选择的古镇新篁、沈荡、王店等等皆有我喜欢的旧日风情。我的家乡在海宁西端，如今乡愁已经缩短到了一小时之内，而过去我几乎要用上半日光景。

儿子高中毕业后独自去了异国他乡追寻自己的梦想，等他第一次归来就是到了新家，虽然对旧居依然有着眷恋，而新居显然是颇为满意的。与他的未来规划需要去克服的便是与我们的长久分离。好在通往机场的路途，无论是高铁还是高速越发便捷，似乎空间上的距离也缩短了几许。某一天，辉建议：要不将来在高铁旁的秦湖边给儿子置一套房吧，以后他携家带口地回来，交通方便，离我们也近，彼此又自由，多好。似乎也不无道理，要亲密也要自由，这是现代人的追求。

忘了说，从家到单位，也不过堪堪十分钟的距离呢。

作者简介

张嫣，供职于嘉兴市妇幼保健院，嘉兴市作协会员。

三十而已，不愁前路修

种满

妻子三十岁生日，邀请了双方父母到长水的婚房新家晚餐。

虽然父母早就让我不用太过操心这次晚餐，但于我于妻子，甚至是于双方父母，这一天都是极其重要的。

前一天晚上，我睡得很晚，无非是揉面做了两个吐司面包，还准备了小时候外婆经常做的肉包圆。

我下班到家已是六点多，天已昏暗，家人已经摆好了一桌饭菜在等我开宴。

洗了手，到卧室换了身居家服，看到槜李路大桥亮起的路灯像是天上的星河连接了南湖大道和纺工路。我心里忽然冒出一个画面，一个很端正的声音响起：妻子三十岁了，我们的孩子也将在今年出生。

这段时间，每天吃完晚饭，妻子就会觉得很困，我们都猜测是怀孕了的征兆。正好家里还有一根没有拆封的验孕棒，就决定第二天早上再测验一下。第二天早上，我和妻子早早就醒了，按验孕棒的图示操作完，果然是好消息。

我有些不知所措地和妻子拥抱，像是新生活的钥匙被摸得又新又亮地递到了我们面前。我们当然明确大门里充满了喷薄欲出的幸福快乐光明和其他未知的好消息，只是钥匙过于滚烫，尽管我们做了充分的准备，也在面对未知时表现出了微微的紧张。

早睡早起，妻子生活作息也因怀孕而更加规律，我则要加班总是睡到闹钟响。

一天晚饭后，妻子便劝我早点睡觉，第二天和她一起起来听隔壁植物园的鸟鸣。

我问妻子，我们这里也听得到鸟鸣声?

妻子说是的。她最喜欢有一只“嘀嘟嘀嘟嘀嘟”叫的，每天早晨它叫得最响亮。

听了妻子模仿的鸟鸣声，我也对“早晨四五点钟的植物园”产生了兴趣，便和妻子一起早早躺下休息了。

第二天一早，天色微微亮，青蓝色。纺工路上来往的车辆极少，植物园在微霭里显得平静而优雅。然而鸟鸣声早已此起彼伏。在各种清脆的鸣叫声中，确实有一声声的“嘀嘟嘀嘟嘀嘟”特别吸引人。妻子说，她已经和“嘀嘟”鸟约定好了，每天早上都要来听它唱歌。

我和妻子伏在西阳台的窗台上，看着天色逐渐舒展开来。烧水冲了一杯咖啡，给妻子小啜了一口，早饭蒸了网上买的五丁包和母亲包的烧卖。

看着吃早饭的妻子，我问她，有没有觉得纺工路这个路名有点“太接地气”。妻子却说没有。

我和妻子心里了然，我们都认为纺工路以“纺工”为名更能体现纺织业对嘉兴的贡献。纺工路在本世纪初接通探花路的时候，也有人提议探花路，但是毛纺厂、绢纺厂盛极一时，以“纺工”为名，更是历史的记录和一代人的回忆。

去年年中，纺工路的中环南路到百川路段开始了整治提升。我和妻子开玩笑说，我和经开区还真是同龄人，年近三十，身体也需要开始修补，也是为了明年三十岁生日样子好看一点。

我因为长期久坐加上不太规律的作息，导致不得不住院动一个小手术。虽然住院只有三天，但在家恢复了一个月才回到工作岗位。妻子每天则是不嫌我伤口有气味，每天帮我换药消毒。

同作为嘉兴经开区道路交通的“要紧关”，纺工路作为连通市区中心城区、国际商务区以及高铁新城的交通主干道也是长期处于高负荷运行状态。而今年，作为经开区的重点项目，5.6公里的纺工路整治项目将于下半年完工，为庆贺建区30周年增光添彩。

有时候，我也担心纺工路的整修会影响妻子的休息。

我问妻子，有没有觉得修路声音很大。

妻子说，几乎没什么声响，关上窗就更听不到了。

我说，那我就放心了。

妻子问我，其实纺工路虽然有一点旧，也不是不能开，为什么要大动干戈整修呢？

我没有正面回答妻子，摘了岑参在《初过陇山途中呈宇文判官》中的几句诗："万里奉王事，一身无所求。也知塞垣苦，岂为妻子谋。"今年年初，嘉兴经开区就在三级干部大会上承诺：在高质量办好省、市政府民生实事的同时，紧盯群众最急最忧最盼的紧迫问题谋划一批区级实事，确保全年80%以上财政支出用于民生。

"以后出门就是'新大路'，家住经开，确实是一件幸福的事情。"

随着妻子腹中的孩子一天天长大，我和妻子也越来越能感受到而立之年的责任之重。很多得知我们有孩子消息的亲朋好友都恭喜我们将要有一个“虎宝宝”了，对我们而言，而立之年也是作为新婚夫妇、年轻父母应该携手共进、奋力拼搏、虎跃龙腾之时。

三十而已，而长路漫漫，携子之手，当不愁前路修远。

作者简介

种满，本名沈嘉朱炜，虚岁30岁，嘉兴长水人，前文字工作人员，曾独立运营个人微信公众号。

遇见自己的那块绿地

胡郡仪

一个生在内蒙古的北方人，好像早已习惯了树叶与飞沙走砾的沙沙作响。

2020 年 7 月，我进入北京的一家研究院作城市规划相关的工作。某天接到通知，需要我去嘉兴出差，曾经的工作经验给我足够的心理准备，一定不会太久，就当作散心。事实上，从我在嘉兴南站下车的那一刻开始，我的生活就与我一起留在了这里。2 年的时间，让我对这座南方的禾城，产生了深厚的感情。

刚来到嘉兴，我被安排在嘉兴经开区金融大厦办公，也住在经开区的某个酒店公寓里。公寓楼下有一片绿地，我常常在这里怀着惴惴不安的心情给家里打着问候电话，汇报我远在千里外的生活。从未想来到南方工作与生活，我担心这里的潮湿，也自怜自爱地想念北方的美食。

幸好，忙碌的工作使我没有时间停下来多作考虑。我作为嘉兴城市总规划师团队中的一员参与到一系列的规划工作中，大部分工作内容集中在嘉兴中心城区。我们通过城市本底研究协同技术决策，帮助嘉兴的规划落地。而我也是第一次担当城市生活的“双重身份”——城市规划的参与人与受益者。很多项目都围绕着我生活的经开区展开：“九水”中的海盐塘、长纤塘，高铁新城、高铁新城展示馆等等……，使我以更积极的态度参与到经开区的城市建设工作中。2020 年 12 月 3 日，我负责策划组织经开片区高铁新城项目终期评审会，会上碰到了在天津读研时共事过的一位领导，他作为建筑专业负责人来嘉兴参与经开区高铁新城的项目。他说嘉兴是个好地方，近年来如火如荼的建设工作吸引了全国的优秀设计力量。从 2020 年初，他和团队就在嘉兴承担部分建筑设计任务。我的就业选择得到了他的肯定，我也十分高兴。后来，团队通过技术统筹高铁新城项目专班，如规划、建筑、景观、铁路、交通、市政等等的全国最优秀、最专业的人员，都因为嘉兴的高铁新城项目从中国的四面八方来到这里。我们讨论站房交通流线怎样才能让使用者在 5 分钟内到达出发层，讨论景观范围怎样全方位地覆盖到更多使用者的视线内，我们还讨论怎样快速落实嘉兴在长三角城市群中的中心枢纽型城市站位，我们共同为城建工作贡献了自己的一份力量。

春去夏来，一个异乡人在江南水乡的街道之间穿梭，我与嘉兴互相接纳，我也爱上了这儿温润的夏天和春日的暖阳。

嘉兴的春天来得很早，空气里弥漫着温暖又带着清新的水汽，万物勃发的春景让人不想辜负。由于居住和办公地处于经开区当中的优越位置，工作日的中午也常常和同事三三两两的成团出行。我们沿着海盐塘对岸那片景观湿地堆簇而成的崎岖的木栈小道，走上几百米就能够顺利的进入公园区域。灌木搭建的挡土墙错落有致，树木绵延着向前伸展，走到尽头又是豁然开朗的大片绿地。周末人就更多，在这随处可见闲散的“惬意”，常常是祖孙三代懒洋洋的聚集在大草坪上的3平方米以内，闲适的交谈与休憩，嬉笑声不绝于耳。嘉兴人民对于草坪的热爱远远超乎了我的想象。某个周末的下午我跑步路过某酒店门前，发现酒店对面的景观草地上扎扎实实地包容着三组年轻人与家庭。对面就是车行道，没人觉得有任何的异样，每个人的脸上都是“度假”才有的放松。作为一个纯粹的北方人，霎时间被一种无名的“开放精神”正面袭来。如同我发现了城市建设的密码，无论在公园里或者是在任何户外的公共空间，让每个人都能找到属于自己的那块绿地，看的见摸得到的才能叫做幸福，叫做惠及民生。

我变得“开放”起来，在深谙绿地“价值”以后，我开始留意街边的“失落空间”。某天与朋友约好的跑步顺理成章地变成了躺在一块滨水绿地上畅谈人生，闲聊之际白鹭低空飞过俯视着这片水域，芦苇和青草在微风里此起彼伏，这一切都太妙了。有两位年轻的女士穿着运动服，就这样半倚在草地上，时而轻声细语时而又开怀大笑。这也是我的改变，城市生态的作用传递到个人感官以后让我变得开放与治愈。城市的生活总是伴随着匆忙与聒噪，而这里让我拥有了田野乡间的余晖和精神世界的出口。所以，我作为城市建设工作参与者的同时也是真真切切的使用者。我不再是画着遥远的规划图纸去望梅止渴的某个人，而是能看到和感受到城市建设惠民的受益人。

城市建设工作从来都不缺披荆斩棘的先行者和大刀拓斧的开拓者，缺少的是细腻的涓涓细流和城市匠人的精雕细琢。经开区已然到了三十年的风华正茂之时，它倾囊相授地展示着城市环境的包容，就像一个绅士永远会先人一步把控所有细节。城市空间在慢慢地向人群拓展，同时文化精神在向这个空间中输送，这是这两年来嘉兴有目共睹的变化。城市发展从快速增量到高质量发展，使很多像我这样的年轻人感到振奋与自信，因为我们将见证城市在我们自己的道路上稳步向前。

人来人往，消息的传递使人不能停歇。我常常在想，人如何会想留在一个地方？去驻足、去生长、成长，然后牢牢地留在这？也许是这里给予你不可替代的精神归宿和空间的包容，也许是这里的空间承载着每个人对生活的希望，也许是这里的草木都波及和触动着我的情感。这是嘉兴与我共同成长的 2 年，至此，我们共同向着更好的未来进发……

作者简介

胡郡仪，供职于中国生态城市研究院沈磊教授总师团队。

我家住在姚家荡

严金山

自从孩子有了自己的孩子后，我便成了嘉兴的经开人，家就住在姚家荡。

姚家荡是个会呼吸的地方，因此，每天除了必须呆在家里外，一有缝隙我就像初恋赴约似的往那儿跑。慢慢地，人也融入了这片风景，时间便有了色彩。

这，也要感谢小区的设计者，是他们的先见之明，预知有朝一日围墙外的河岸要成为绿道。在那儿开了一扇小门，成全了我刷卡出门走姚家荡绿道的癖好。

姚家荡绿道具有一般绿道的共性，又有与众不同的秉性。河，是绿道的方向；水，是绿道的灵魂。遇桥，便走梁下穿通道；遇河，就架景观桥，闭环式健身全线无等候。

在水的朋友圈里，各种叫得出名字和叫不出名字的水鸟或成群结队，或成双成对。时而在低空盘旋，时而在水中栖息。高兴了卖弄一下天生的好嗓子，或长或短，或高或低，给原本喧闹的城市营造出一份静谧；寂寞了扑棱几下矫健的翅膀，把同族的异性吸引到身边。似乎这是它们的伊甸园，它们才是这个世界的主人，大有神圣主权无敢侵犯之势。

进入经投大厦前面的广场，空气里会多出一份蜜蜂喜欢的味道。眼睛也会突然明亮起来。绿茵茵的草坪，层次铺开；造型养颜的绿树，彬彬有礼；五彩缤纷的花潮，孩子似的迎面涌来。生命，在这里似乎专门为我跳动，让我忘记了这个世界上还有烦恼二字。

清澈的湖水和远处的快速路连在一起，视野开阔又成一个整体，彰显出无所畏惧敢于创造的姿态。让人联想到这就是事业蒸蒸日上“而立之年”的经开形象。

广场的台阶让石板一直延伸到微波荡漾的湖面，细心的你不难发现四季花开处有一条无障碍通道。人性的尽头是一片浅水区，上面恰到好处地堆着几块大石头。若是在夏天，这儿便是孩子们的乐园。赤脚可玩水，取网可捕鱼，笑声常常能让水变成花。而这时，大人们更愿意坐在石头上吹风，把脚浸泡在湖水里，看着，笑着，静静享受只有童真才能营造的彩色时光。这里的小鱼不怕人，倒是很热情，常常自告奋勇地给水中的脚踝来个免费按摩，很是过瘾。

我喜欢走到离岸远一点的那块大石上，不管有人没人，拿出一本书，与余华的《活着》《文城》和梁晓声的《人世间》等共度光阴。

在这样的环境里，能和没有忧虑的文字交朋友，不能不说是一种福气。人多时，能培养自己集中注意力；人少时，淹没在书的意境里，和主人公的命运维系在一起。

在别人的故事里找到了自己的影子，有时会情不自禁地笑出声来，有时心甘情愿地赔几滴眼泪。

读书的时间长了，对眼睛会产生负罪感。于是，抬起头来看看那造型奇特的波浪桥。顾名思义，桥面像波浪涌动，侧面犹青龙游弋。

其实波浪桥本来就是静的，可每当我凝视它时，就会产生动的错觉。有时候连自己也会怀疑，究竟是湖面在动呢，还是桥在动？究竟是我在看桥，还是桥在看我？也许，这就是匠人们的高明之处。心旷神怡这个词的解释，在这里总算落到了实处。

如果波浪桥有记忆，那她应该已经认识我了，说不定还能理解我来到这里的心情和幸福指数。有时候我一厢情愿地想，“五一”小长假这么几天回桐乡老家了，她会惦记我吗？

这里的一草一木、一水一石都是我的朋友，都是我的情人。

我的同伴大多喜欢乘飞机、坐高铁去看远处的风景，而我却喜欢身边每天变着模样的姚家荡。也许，这是我情感的一种寄托，也许我是一个异类。

不过，我并不在乎。正如花儿喜欢在阳光下争奇斗艳，蝶儿爱好在花朵上舒展舞姿一样，各有所好。无论怎样，我却用眼睛真实地记录了姚家荡的日新月异。

站起身来沿着逆时针方向的塑胶绿道前行。这一方式也算是给腿脚放松、给眼睛休假的机会。如果时间精准的话，水边种着美人蕉上面装着汉白玉栏杆的小广场上，会遇见一对鹤发童颜的老夫妻正云游在太极的境界里。

夫妻相。我给他俩下了个定义。白发、白绸衣裤，慢条斯理的旋律让两个不同个体动作协调，步调一致。用“珠联璧合”“完美无缺”来形容一点也不为过。

此情此景，俨然是童话世界里的仙人。是欣赏，是敬畏，是想走进仙人的世界。我的腿脚不等接到命令就心有灵犀似地停驻在他们跟前。

太极达人是地道的姚家荡人，祖祖辈辈耕耘着脚下的这片土地。30年来，是经开区发展的最直接受益者。今年双双跨过了85岁的接力线，拥有一个“五世同堂”的美满家庭。

老嫂子比老哥健谈。她风趣地说，这里除了土壤和姚家荡这个名字没变外，其余的都变了。即使面前的水也在变，原本之所以为荡，是芦苇、水草的集合，如今与南湖相连成为同一水系。人就更不用说了。世代农民做梦也没想过的人，做了“噶朗宁”（城里人），没有进过工厂却拿了退休工资。女人的打扮有点像这土地上的花花草草，一天一个样。来这里走路的、赏景的、带孩子的、陪老人的、操着上海口音的、长着蓝色眼睛的，一波又一波像钱江涌潮一般。

站在一旁的老哥好像按捺不住内心的话闸了，幸福的话题快要溢出他那警戒的阈值了。他用手指了指西南方向说，三十年前，他家的三间二进土坯二层楼房就在距离这不到100米的地方。那时家里七个人有六个是劳动力，起早贪黑虽然能解决温饱，可孩子上学要请个课外辅导老师也紧巴巴的。娶个媳妇更需要十多年盘算，还要亏空。仅有的房子外观看看还可以，实际是几代人一间一间拼凑起来的工程，所以屋面不平整，墙壁有落差。

“爸爸，姆妈。你们回去后吃点水果。草莓和荔枝洗好了放在茶几上。”原来，这是他们的儿媳妇。前几年从工厂退休，家里待不住便跟着别人在姚家荡公园的草坪上拔草，每天80元钱。60多岁的人真的看不出来，如果让我猜绝对不会过50岁。爽朗的笑声，可以抖落附近树上的花粉。她说出来拔草并非完全为了钱，一则有个去处，二则有点价值。话，虽然没有诗意，却落地生根又不乏高度。

天真的美人蕉踮着脚尖在倾听，瀑布似的月季花托起芬芳在等候，远处的鱼儿在欢跃，似乎一切都在为庆祝做准备。太极达人潇洒地走了，留下了姚家荡更多的故事让我敬畏，让我书写。

作者简介

严金山，男，笔名缘晨，又名晚潮。籍贯，浙江桐乡。中学语文高级教师，退休，爱好文学。嘉兴市环保协会会员，桐乡市作协会员，嘉兴市作协会员。作品散见于《浙江日报》《嘉兴日报》《浙江新闻客户端》《学习强国》（浙江平台）、《浙江老干部》等媒体，散文集《晚潮拾贝》，传记《我和我的家》，主编学生作文集《蚕韵》。

新气象路的新气象

蒋利鸿

小时候，我居城北，向北郊再走一段，有个气象站，站门口的小路，就叫气象路。

多年后，气象站升格为气象局，搬到了城南，局门口的大路，就叫新气象路。

再后来，我骑自行车游荡城南，驶过弧形优美的南湖大桥，向南拐入新气象路。当我驶过中环南路，进入嘉兴市经开区地界时，我蒙了，以前属南湖乡珠奄村的大片农田不见了，代之以满目高大上的建筑。路右，是富有高科技元素的气象局；路左，是宏伟壮丽的国际会展中心。两旁的住宅一路连绵，直到长水路，其间别墅、多层、小高层应有尽有，外观整洁漂亮，小区绿化完美。

只是那长水路南，当时还是一望无际的农田，芦花飘荡，竹叶沙沙，炊烟袅袅，一派秀丽的乡村风光。

这一刻，我暗暗下了决心：要设法搬离城北的蜗居定居到新气象路边。

几年后，在朋友的帮助下，我真的搬进了新气象路旁的新居，完成了夙愿。

初到新居后的几年，我经常晃到长水路南，与鸭子一同游泳，伴土狗一起野钓，好不快活。有时候，我也望着满眼的庄稼遐想：这片土地若是开发成商业和住宅区该有多好。

怎料，这一天很快来到。

这是经开区又称国际商务区不久后的一天黄昏，我再晃到长水路南，突被眼前的壮观景象惊呆了，土地已平整，挖机声四起，众多的工人在忙碌，无数的楼房开始耸立。而作为主心骨的新气象路则往南伸到了遥远的天际……

这段时间，我常沿新气象路往南跑，每次，该路总要往南延伸一段，旁边房子总要向上升高一截。渐渐地，有些房子结顶了，有些旁路通车了，且房子越来越高档，道路越来越漂亮。

可新气象路没有停下来的意思，继续向南延伸，隐约可望见南郊河了，过了河，就是秀洲区王店镇地盘了，在城里人眼中，此地已经是深乡下了。

终于，新气象路连上了南三环快速通道，通道南不远，就是浩荡的南郊河。环看四周，小区星如棋布，日臻成熟。从最初的南郊花园，到稍后的隆兴公寓，再后的石雪公寓、玖熙花苑、永丰公寓、悦澜湾、堂樾里、悦珑庭，一个比一个漂亮，尤其是那永丰公寓，说是拆迁小区，竟有很多高层建筑，最高的有 32 层，达到了一流商品房小区的水准。各小区的配套设施也很完善，菜场、商店、加油站、学校、医院应有尽有。南端的北师大实验小学，与以前的村小，那是天壤之别，外学区的人看了是羡慕嫉妒恨。人们都说，国际商务区真有了国际范。

我曾走进一家石雪公寓的民居，135 平方米的三室二厅，装潢是最高档小区也流行的轻奢简欧风格，自然光照明亮，冰箱、电脑、洗衣机等一概齐全，客厅宽阔得可容下 65 吋彩电，餐厅一张大西餐桌，足够十二人聚餐，一家五口人在此生活得其乐融融。最令人称奇的是：一个小房间布置成了书房，书橱里是几百套中外书籍，墙上挂满了主人漂亮的书画作品，生动地体现了新一代农民的优秀文化素养。

给我印象最深的是这条路上竟有三个社区医疗单位，先是府南社区医院；再是联星社区医院，以前王店四联和红星的农民进了城，享受起社区全方位的医疗关怀。最后，是设施完备、外观漂亮的嘉兴经开区长水街道医院，我去那看过几次病，感觉那里的医生态度和蔼、水平高超，整体与市级大医院差不了多少。

一条新气象路，写尽了城市的变迁、嘉兴经开区的蝶变、长水街道的涅槃。

作者简介

蒋利鸿，男，60岁，住嘉兴市经开区长水街道府南社区，热爱生活，爱好文学。密切关注嘉兴各地尤其是嘉兴经开区的社会经济，为经开区成立三十年来欣欣向荣、蒸蒸日上的景象而感到高兴，多次拿笔描绘经开区三十年日新月异的发展面貌。

我和我的单位

——谨以此文纪念嘉兴经开区成立30周年

史振华

2006年7月17日，当我怀着激动和兴奋的心情踏上南下杭州的列车并最终转到嘉兴这块丰腴的“鱼米之乡”时，我仍然掩饰不住内心的喜悦，充满着对工作和生活的美好向往。此时此刻朝思暮想的江南烟雨水乡，青砖黛瓦白墙，小桥流水人家，南湖画舫红船已近在咫尺。

城南经济开发区的成吉路213号，这里是真正开启了我职业生涯的地理坐标，在这里我完成了从学生到职工的完美转身。当我初进入1000平方米的租用厂房里，看到两条国产碱性电池生产线轰鸣着正以60只/分钟的速度制造产品时，我充满了新鲜和好奇，脑子里迅速把理论知识和实际生产联系起来，这些电池下线后被工人手工装在塑料盘里。虽然工作强度较大，作业环境闷热，安全和防护措施不很完善，但是同事们都认真作业，目睹此情此景，坚定了我留下来为之努力奋斗的决心。

2019年2月是公司发展的转折点，从成吉路租用的厂房搬迁到经开区朝晖路268号占地50亩标准的现代化自建厂房，生产线时速提升到200只/分钟，条数增加到五条，机械化程度逐步提高，车间清洁环境得以很大改善，夏季凉爽的工作环境为员工提供了舒适、惬意和安全。与此同时良好的行业贸易环境，公司利润增长，员工待遇得以不断提高。

2016年10月长虹新能源实现资产控股后，公司步入了发展的快速道，公司拥有现代化厂房50000余平方米，硬件和软件同步提升，不但引进全球领先的精密碱性电池生产线8条，极大地提升了碱锰电池制造设备的智能化、现代化和信息化水平，下线电池装盘实现“机器换人”的转变，极大提高效率，降低人工成本。而且在“技术先导，创新卓越”引领下，单位拥有自主知识产权专利32项，公司所属技术中心被认定为“浙江省高新技术研发中心”“嘉兴市企业技术中心”，同时被评为“浙江省科技型中小企业”“国家级高新技术企业”。这些都为电池品质稳定和规模提升提供了强有力的保障。

目前公司专注于各类碱锰电池的生产与销售，生产的产品覆盖全系列碱锰一次电池，销售网络已覆盖全球60多个国家和地区，现已成为中国排名前列的碱性电池大型高端制造企业之一，并且长虹飞狮依托四川长虹军工产品的技术研发优势、品质管理水平、装备开发能力、高端制造能力和资金充裕的优势，已跻身全球高端电池制造企业行列。

面对疫情，公司按照经开区、街道和社区要求全方位执行疫情防控措施，克服供应链短缺的困境，千方百计保订单，破解生产销售难题，实现一个又一个经营目标。在疫情面前，公司党支部迅速响应经开区号召，成立以党员为主体的志愿服务队，一趟趟用心分送生活物资，一次次积极参与核酸检测，一遍遍认真穿戴防护服装，志愿服务达 120 次以上，获受经开区城南街道银河社区“助力社区担大任，同心抗疫显真情”的锦旗。党员的先锋模范旗帜高高飘扬，当我和同志们每次以“大白”形象开展志愿服务时，心里都涌动着激情、力量与荣耀。而此时经开区人守望相助，众志成城，向着“战胜疫情”这一共同的目标奋进的场景令人感动，每一位经开人都是抗疫战场上的参与者、见证者，都积极勇当贡献者、战斗者。

岁月匆匆，我在嘉兴经开区工作将近 16 年，久在异乡为故乡，我实现了新嘉兴人身份，交通工具从自行车到电瓶车再到汽车；家庭成员从我独自一人到一家三口的完美转变，从租住的房子到拥有自己的温馨小家，全家和乐融融，小孩健康乐学、大人安居乐业。所有这些都是通过自己的努力工作分享着公司发展的红利，更得益于经开区紧抓改革发展机遇、勇挑时代使命担当。

这么多年工作实践使我深刻认识到：作为一名普通的工程技术人员，我要和单位共同成长，必须积极学习，持续提升自己，这样才能把我们的工作做得更好，助我们的单位更强大。我们是单位的一份子，单位是我们强有力的后盾，她为我们提供一个展示自己的良好平台，我们能力越强，才能给单位更多的助力。我们是坐在单位这趟列车上，想要车子走得快，我们就必须要提供足够的燃料，这样车子才有动力，才能够朝着我们期待的目标前进。

我的工作经历是嘉兴经开区千千万万工程技术人员的一个普通范例，我的单位发展历程是经开区成百上千家企业发展的一个光辉缩影，我在嘉兴经开区的工作生活只是经开区 30 年间发展的一个微型片段。2022 年 5 月 18 日，站在属于嘉兴经开区发展历程的新的时代节点上，回忆往昔，感慨万千，展望未来，满怀希望。嘉兴经开区，一路相伴，感恩有你，我甘愿根植并奉献这片沃土，相信并期待经开区将焕发出更加蓬勃旺盛的生机和活力。

2022 年，我和我的单位祝福嘉兴经开区 30 岁生日快乐，新起点我们将一起伴随您在“红船精神”的鼓舞指引下，在“勤善和美、勇猛精进”的新时代嘉兴人文精神感召下再出发！努力奋斗永远在路上！

作者简介

史振华，男，汉，39 岁，中共党员，大学本科学历，现任浙江长虹飞狮电器工业有限公司技术研发中心主任，高级工程师，技师；2017 年度获得嘉兴经济技术开发区、嘉兴国际商务区授予的“优秀共产党员”荣誉称号。